중국 제일의 난봉꾼

관한경의 산곡 세계

김 덕 환

지식과교양

제3장 투수

책머리에

관한경은 원대 제일의 잡극가로서 명성을 날렸지만, 그의 생애에 대해서는 다른 원곡 작가와 마찬가지로 구체적인 기록이 없어 상세하게 알려져 있지 않다. 현재까지의 연구 결과를 종합하면 그의 생년은 1240년 전후이고 졸년은 1320년 전후이다. 그의 호는 이재수(已齋叟) 또는 이재(已齋), 자는 한경(漢卿)이며 원나라 수도 대도(大都, 지금의 북경)에서 태어났다. 그의 이름에 대해서는 전하는 기록이 없어 알 수가 없다.

그는 매우 활달하고 소탈하여 세속의 구속을 받지 않고 천하의 명승고적을 유람하였으며, 또한 스스로를 난봉꾼의 영수, 방랑객의 우두머리라 일컬으며 항상 기루와 술집을 드나들며 풍류를 즐겼다.([남려] <일지화> 「한경, 늙음에 불복하다」) 한편 그는 박학다식하여 음률에도 정통하였고, 바둑·축국·사냥, 희극적인 동작이나 대사, 가무·악기·노래·시·쌍륙 등의 온갖 기예에도 능하였으니 실로 다재다능한 만능 예술가였다. 원대 웅자득(熊自得)이 『석진지(析津志)』에서 그를 "태어나면서부터 뜻이 크고 기개가 있었으며, 박학하고 문장에 뛰어났고, 재치 있고 지혜가 풍부하였다."라고 평한 데서도 그러한 사실이 입증된다. 그는 또 벼슬하기를 달갑게 여기지 않고 방랑객으로서 천하를 주유하면서도 일생을 극작에 전념하여 60편이 넘는 잡극을 창작하기도 하였다. 그는 직접 무대에 나아가 얼굴에 분장하는 것을 가정생활 같이 생각하고 때로 배우가 되는 것도 사양하지 않았다.

    관한경은 산곡에서도 원대 전기의 작가들 중에서 비교적 많은 작품을 창작하였다. 『전원산곡』에 수록된 작품을 기준으로 한다면 그는 원대 전기 작가 중 장양호·마치원·노지·관운석에 이어 다섯 번째로 많은 작품을 남기고 있으며(소령 57, 투수 14, 殘套 2), 창작활동 시기를 논한다면 이들 중 노지와 함께 가장 빠른 시기의 작가라는 데 주목할 만하다. 즉 그는 산곡이 민간상태에서 문인의 손으로 옮겨진 후 아직 전성기에 접어들기 전의 초기 작가로서 가장 많은 작품을 남긴 작가 중의 한사람이라는 것이다. 따라서 그의 산곡은 원대초기 산곡의 형식과 경향을 파악하는데 있어서 가장 중요한 자료가 된다. 이 책에서는 관한경의 산곡 69수(소령 57, 투수 12)를 번역하여 주해를 가하였으며, 여기에 수록한 원문은 『전원산곡』(수수삼, 한경문화사업유한공사, 1983)과 『관한경산곡집』(이한추·주유배 교주, 상해고적출판사, 1990)을 저본으로 하였다. 끝으로 이 책의 출판을 위해 바쁘신 가운데도 시간과 땀을 아끼지 않으신 출판사 관계자 여러분께 감사드린다.

2018년 4월 호은재에서 저자 씀

제1장

관한경과 그의 산곡

관한경의 산곡은 대부분 『양춘백설』과 『태평악부』에 보존되어 있는데, 수수삼의 『전원산곡』에는 소령 57수, 투수 13수, 잔투(殘套) 2수가 수록되어 있다. 그러나 최근에 이한추(李漢秋)와 주유배(周維培)가 교정하고 주석한 『관한경산곡집』에는 소령 57수, 투수 14수, 잔투 2수로서 『전원산곡』보다 투수가 1수 더 많다. 이렇게 투수에서 1수 차이가 나는 까닭은 [대석조] <청행자> 「빙회(騁懷)」 때문이다. 수수삼은 『태평악부』 등의 설을 따라 증서(曾瑞)의 작품으로 보았고, 이한추와 주유배는 『채필정사(彩筆情辭)』의 설을 따라 관한경의 작품으로 보았다. 따라서 이 투수는 좀 더 고증을 요하는 작품이라 하겠다.

이외에 소령 [중려] <보천악> 「최앵앵과 장군서의 이야기 16수(崔張十六事)」와 투수 [선려] <계지향> 1수도 작자 문제에 있어 다소 의심스러운 점이 남아있다. 전자는 내용이 최앵앵과 장군서의 사랑이야기를 노래한 것으로 주로 「서상기」의 가사를 그대로 옮겼거나 약간 개작한 것이기 때문에 후세 사람들의 의심을 받고 있다. 한동안 「서상기」의 작자가 관한경이라는 설이 있었기 때문에 편집자가 이를 관한경의 작품으로 간주했을 가능성도 있으나 역시 확증은 없다. 후자는 남곡이기 때문에 북곡 작가인 관한경의 작품으로 간주하기에는 다소 의심스럽다. 이처럼 [중려] <보천악> 「최장십육사」와 [선려] <계지향>이 작자 문제에 있어 다소 의심스러운 점은 있지만 『전원산곡』과 『관한경산곡집』 등에서 이를 관한경의 작품에 그대로 수록하고 있는 까닭은 그것을 반증할 만한 자료가 없기 때문인 것으로 보인다.

관한경의 산곡을 내용에 따라 분류하면, 남녀 간의 사랑, 여인

의 자태와 기예, 고사 가영, 인생에 대한 의지, 자연풍경, 기타로
나눌 수 있으며 그것을 구체적으로 살펴보면 다음과 같다.

1. 남녀 간의 사랑

몽고족 통치자들의 민족 차별정책으로 정치의 일선에서 밀려
난 한족 문인들은 사회의 가장 낮은 계층으로 분류되어 평민과
다름없는 생활을 하며 일생을 보냈다. 재능이 있어도 뜻을 펼
수 없는 정치적 상황에서 그들은 젊은 시절에는 대부분 구란
(勾欄)이나 와사(瓦舍)와 같은 민간 연예단체로 들어가 희곡의
창작과 공연에 열정을 쏟았으며, 중년 이후에는 명리의 허망함
과 인생의 무상함을 깨닫고 자연으로 돌아가 지족안분(知足安
分) 하는 은자의 삶을 택했다. 그 전형적인 인물로 마치원과
같은 이들은 산곡을 통하여 회재불우의 울분을 토로하거나 은
거생활의 즐거움을 노래하기도 하였다.
    그러나 마치원 보다 조금 앞선 시대인 관한경은 「두아원(竇
娥寃)」 등의 잡극을 통해서는 불합리한 사회에 비판을 가하기
도 했으나, 산곡에서는 대체로 애정묘사에 치우친 경향이 있다.
관한경은 청려한 풍격을 위주로 하면서 완약의 정서로 남녀 간
의 사랑을 묘사하는데 뛰어났으며, 그의 산곡 중에서 가장 많
은 비중을 차지한다. 이는 원대산곡 작가들이 대부분 애정묘사
에 치중한 흐름과 맥을 같이하는 것으로, 영향의 앞뒤 관계에
서 볼 때 그가 원대산곡의 창작 경향에 결정적인 역할을 했음
을 알 수 있다. 관한경은 평생을 기루에 드나들며 기녀들과 정
분을 나눈 천하의 난봉꾼으로서 무대에서 직접 연기를 펼친 배

우였기 때문에 그의 작품에 나타난 여인은 대부분 기녀나 여배
우들이었을 것이다.

작품의 내용은 사랑의 즐거움과 이별로 인한 고통·그리움을
직설적으로 노래한 것들로, 표현기교 면에서 속어와 구어를 많
이 운용하여 산곡의 특징을 최대한 살렸다. 일반적으로 문학작
품에서 남녀 간의 정을 묘사할 때에 함축적이고 심후해야 하는
데 만약 너무 노골적으로 묘사하여 경박함으로 흐른다면 그것
은 정당한 아름다움을 잃어버리게 되며 이러한 것은 곡에서 범
하기 쉬운 폐단의 하나이다. 그러나 관한경의 작품은 "천박하
되 속되지 않고 심후하되 난삽하지 않아(淺而不俗, 深而不
晦)" 그러한 폐단을 일소시킨 아속(雅俗)을 겸비하였다는 평가
를 받고 있는 가작이라 할 수 있다.

2. 여인의 자태와 기예

여인의 아름다운 자태 묘사는 시나 사에서도 흔한 제재의 하
나이지만 관한경은 그뿐만 아니라 민간 연예단체에서 활동하던
여자 예인들의 뛰어난 기예까지도 함께 묘사하여 산곡에서의
재능을 유감없이 발휘하였다. 여기에 속하는 작품으로는 [쌍
조] <벽옥소> 제10수(笑語喧嘩), [남려] <일지화> 「주렴수에
게 주다」, [쌍조] <침취동풍> 제4수(夜月靑樓鳳簫), [쌍조]
<벽옥소> 제8수(紅袖輕揎), [월조] <투암순> 「여교위」와 「축
국」 등 6수(소령3, 투수3)가 있다.

관한경의 산곡이 청려하고 섬세한 묘사가 주요 특징인데 비
하여 그러한 특징을 가장 잘 살릴 수 있는 여인의 아름다운 자

태에 관한 묘사가 적은 것은 다소 의외이다. 이는 그가 여인의 외형적인 묘사보다는 심리묘사에 더 치중하였음을 반증하는 것이기도 하다. 그러나 일부의 작품 속에서 소수이긴 하지만 그는 경물을 빌려 인물을 묘사하는 등의 독특한 기법으로 여인의 자태를 간접적으로 묘사하거나 여교위(女校尉)의 뛰어난 기예를 세밀하게 묘사하여 그의 다양한 재능을 발휘하였다. 특히 주렴수나 여교위 등 여기에 묘사된 주요 대상이 당시의 여자 예인들이었다는 점에서 관한경과 그녀들과의 긴밀한 관계를 엿볼 수 있다.

3. 고사 가영

원대산곡에서 역사고사를 제재로 한 작품이 서정이나 서경에 비해 비교적 적은 비중을 차지하고 있듯이 관한경의 작품에서도 이러한 경향은 뚜렷하다. 그러나 만약 「서상기」의 가사를 약간 개작하여 읊었다고 하는 [중려] <보천악> 「최장십육사」 16수를 그의 작품으로 본다면 그의 고사 가영 작품은 결코 적은 분량이 아니다. 관한경의 고사 가영 작품은 모두 소령만 5수가 있으며 그 내용은 당시 민간에 널리 유행하던 고사이거나 잡극을 통해 이미 널리 공연되고 있던 것들이다.

대표적인 작품으로는 장군서와 최앵앵의 고사를 노래한 [쌍조] <대덕가> 제1수(粉牆低), 쌍점과 소소경의 애정고사를 묘사한 [쌍조] <대덕가> 제2수(綠楊堤), [쌍조] <벽옥소> 제1수(黃召風虔), 당대 전기소설 「이와전」의 고사를 제재로 한 [쌍조] <대덕가> 제3수(鄭元和), 최호의 인면도화(人面桃花) 고사를 제재로 한 [쌍조] <대덕가> 제4수(謝家村) 등이 있다.

　고사를 노래한 관한경의 작품은 모두 남녀 간의 사랑을 주제
로 한 애정고사라는 특징이 있다. 물론 당시에 이러한 주제의
고사가 널리 유행한 탓도 있겠지만 이는 또한 관한경의 산곡
창작 경향과도 무관하지 않다. 관한경은 기생집을 드나들며 풍
류를 즐기고 극단 활동 중에 여배우와 사랑에 빠지기도 하였으
며 심지어는 아내의 여종에게도 반하여 사랑을 고백하는 등 남
녀 간의 자유로운 사랑에 대하여 강렬히 추구하였다. 따라서
그는 장군서와 앵앵, 쌍점과 소소경, 정원화와 이와, 최호와 복
숭아꽃 집 여인의 애틋한 사랑을 동경하면서 자신의 못다 이룬
사랑을 그들을 통해 위로받고자 했을 것이다. 특히 이들 중 두
명의 여 주인공 소소경과 이와는 기생으로서 관한경이 그의 생
활환경 속에서 가장 잘 접할 수 있었던 대상과도 일치한다는
것은 그러한 사실을 잘 입증해 주는 부분이다.

4. 인생에 대한 의지

　몽고족의 통치 아래에서 정치의 일선에서 철저히 배제된 한
족 문인들의 일반적인 처세태도는 현실에 다소 소극적인 경향
을 보이고 있으며, 이로써 산곡에 반영된 그들의 사상도 피세
와 완세(玩世)가 주종을 이루고 있다. 관한경은 잡극을 통해서
는 현실의 부정을 폭로하여 이를 개혁하려는 강한 의지를 표출
하기도 하였지만 산곡에 반영된 그의 근본적인 인생관은 원대
의 일반적인 문인들의 소극적인 성향과 크게 다르지 않다. 그
는 8수의 산곡(소령6, 투수2)을 통하여 자신의 인생에 대한 의

지를 나타내고 있는데, 그 중 그의 생활상을 가장 잘 살펴볼 수 있는 것은 [남려] <일지화> 「한경, 늙음에 불복하다(漢卿不伏老)」 투수이다.

관한경을 비롯한 서회(書會) 출신 작가들은 주로 구란과 와사를 활동 무대로 삼았는데, 당시에 그들과 함께 무대에 섰던 여배우들이 대부분 기녀를 겸하였기 때문에 서회와 구란·기루, 원곡작가와 여배우·기녀와의 관계는 자연히 밀접해졌다. 이러한 상황에서 관한경이 반평생을 기생집에 드나들며 한평생을 화류계에 몸을 적신 난봉꾼의 영수이자 방랑객의 우두머리로서 생활한 것은 당연한 생활의 일부로 받아들일 수 있다. 따라서 여기에는 다소 향락적인 면도 내포되어 있지만, 끝까지 그러한 생활을 포기하지 않으려 한데는 사회의 최하층에서 여배우·기녀들의 생활을 완벽하게 이해하여 창작의 원천을 얻기 위한 목적도 함께 있었을 것으로 이해할 수 있다.

관한경이 「늙음에 불복하다(不伏老)」를 통해서 난봉꾼의 생활을 끊임없이 추구한 것은 현실 지향적인 전통문인의 처세태도를 뛰어넘어 원대 특유의 완세(玩世) 사상을 적극적으로 표출한 것이다. 그는 현실에 대한 어떤 미련도 표출하지 않고 어떠한 정치적 포부도 피력하지 않았다. 마치원이 회재불우한 심정을 호소하면서 현실에 대한 강한 집념을 떨치지 못하였다고 한다면, 관한경에게서는 그처럼 강렬한 일면을 찾아보기 어렵다. 그는 한편으로는 난봉꾼으로서 향락을 추구하기도 하고 원곡작가로서 창작활동에 전념하기도 하였으나, 다른 한편으로는 세상사의 길흉화복과 명리의 허망함을 이미 간파하였기에 백년공명(功名)이 물거품 같다고 탄식하였던 것이다. 그는 백이와 숙제, 소부와 허유, 도연명과 범려 같은 고대의 은자들을 추모하면서 그들의 은일생활을 동경하였다. 이는 원대라는 특수한 시대가 빚어낸 문인들의 보편적인 관념의 하나이기도 한데, 그러한 사상은 투수 [쌍조] <교패아>(世情推物理)에 잘 나타나 있다.

그는 또 [남려] <사괴옥>에 「한적(閒適)」 4수와 [쌍조] <대덕가>6(吹一箇)에서 은거생활의 즐거움을 노래하였다. 마음속에 일어나는 모든 번뇌를 지워버리고 세속의 험악한 풍파를 뛰쳐나와 지족안분(知足安分) 하며 소요자적 하는 작자의 형상에서 은자의 초연함을 읽을 수 있다.

5. 자연풍경

원대 산곡의 내용 중 서경이 차지하는 비중은 매우 높다. 그러나 관한경에 있어서 그러한 작품은 비교적 적게 보이며, 따라서 경물에 감정을 기탁한 작품 또한 매우 적다. 그러나 수적인 면에서 적다고 하여 관한경이 서경에 능하지 못하였다거나 서경의 작품성이 떨어진다고 할 수는 없다. 자연풍경을 묘사한 관한경의 작품은 모두 6수(소령5, 투수1)가 있다.

봄 풍경을 묘사한 [정궁] <백학자> 4수, 겨울 황혼 무렵 어촌의 설경을 묘사한 [쌍조] <대덕가> 제5수(雪粉華), 항주의 아름다운 풍경을 노래한 투수 [남려] <일지화> 「항주의 풍경」 등이 있다.

자연풍경을 노래한 작품은 실로 몇 수뿐이지만, [정궁] <백학자>에서는 중국 자연시의 최고의 경지라 일컬어지는 정경(情景)의 융화로써 곡의 아름다움을 더하였고, [남려] <일지화>에

서는 특색 있고 개성적인 수법으로써 항주의 자연풍경과 도시
의 번성함을 묘사하여 몇 수 안 되는 그의 자연풍경 작품을 두
드러지게 나타내었다. 이는 관한경의 서경 작품이 수적인 면에
서 적다고 하여 일반적으로 그가 서정에는 능통하지만 서경에
는 능하지 못하다고 할 수 있을 의심을 일소시킴과 동시에 그
의 다방면의 재능을 다시 한 번 보여준 일면이 있다.

결론적으로 말하면 관한경의 산곡은 대부분 남녀 간의 사랑
이나 여인의 자태와 기예 등의 묘사에 집중되어 있으며, 묘사
는 아름답고 소박하여 원대 전기 청려파의 산곡의 특징을 가장
잘 대변해 주는 동시에 후기의 산곡이 내용면에서 서정 위주의
청려함으로 흐르는데도 많은 영향을 미쳤다고 할 수 있다. 그
러나 물론 그의 작품이 모두 청려 일색으로 흐른 것은 아니다.
비록 소수의 작품이기는 하지만 인생에 대한 의지를 묘사한 작
품을 통해서는 자신의 창작생활과 난봉꾼의 생활에 대한 굳건
한 의지와 은거생활에 대한 고결한 의지를 호방한 풍격으로 나
타내었으며, 자연풍경을 묘사한 작품을 통해서는 개성적이고
뛰어난 필치로써 산수와 도시의 아름다움을 묘사하였다. 이것
은 관한경의 산곡이 갖는 또 다른 특징이라 하겠다.

제2장
소 령(小令)

정궁 백학자

(제목 없음 4수)

제1수

사계절 중 봄이 가장 부귀하고,
만물 중 술이 가장 멋스럽네.
쪽빛 같은 맑은 물,
수놓은 듯한 찬란한 꽃.

一

四時春富貴, 萬物酒風流. 澄澄水如藍, 灼灼花如繡.

* 정궁(正宮): 궁조의 이름으로 주권의 『태화정음보』에서는
  "정궁은 비장하면서 웅장하게 노래한다.(正宮唱惆悵雄壯)"
  라고 하였다.
* 백학자(白鶴子): [정궁]에 속하는 곡패의 이름이다. 소령 투
  수 겸용곡이며 [중려]에도 사용된다. 형식은 '5·5·5·5'
  으로 4구 3운이다. 소령에서는 중두(重頭)로 사용되며 4수
  이상이어야 한다. 매구의 첫 번째 글자를 제외하고 나머지는

평측을 엄격하게 준수해야 한다. 투수에서는 대부분 [곤수
구] 뒤에 사용된다.

* 징징(澄澄): 맑고 깨끗한 모양.
* 작작(灼灼): 꽃이 찬란하게 핀 모양. 눈부시게 빛나는 모양.

　[정궁] <백학자>는 모두 4수로 되어 있으며 전체적으로 봄
의 풍경을 노래한 곡이다. 이 소령은 아름다운 봄날 풍경을 묘
사하여 전체 4수의 표제 역할을 한다. 첫 구에서 봄이 가장 부
귀하다는 말은 입춘의 대련구에 “꽃은 봄의 부귀함을 연다(花
開春富貴)”라는 말로 자주 사용되는 표현이다. 사계절 중에서
봄이 가장 부귀한 이유는 바로 봄의 상징인 꽃이 만발하게 피
기 때문이다. 이에 작자는 마지막 구에서 마치 수를 놓은 듯이
꽃이 아름답게 피어있다고 강조하였다. 그리고 자연의 세계에
서 꽃이 부귀를 의미한다면 인간의 세계에서는 술이 멋을 상징
한다고 하였다. 꽃의 아름다움은 눈으로 느끼지만 술의 멋스러
움은 마음으로 느끼는 것이다. 여기에서 관한경은 경물과 감정
의 기묘한 대비를 통해 봄의 아름다움을 묘사하였다.

제2수

꽃밭 옆에 준마를 매어두고,
버들 아래 작은 배를 매어둔다.
호수 안엔 유람선이 교차하고,
호수 위엔 천리마가 질주하네.

二

花邊停駿馬, 柳外纜輕舟. 湖內畫船交, 湖上驊騮驟.

* 경주(輕舟): 작은 배. 가볍고 빠른 작은 배.
* 화류(驊騮): 천리마, 준마. 주나라 목왕(穆王)이 천하를 두
  루 돌아다닐 때 타던 팔준마(八駿馬)의 하나이다. 그 팔준마
  는 화류(華騮)·녹이(綠耳)·적기(赤驥)·백의(白義)·유륜
  (踰輪)·거황(渠黃)·도려(盜驪)·산자(山子)를 이르며 역
  사적으로 유명하다.

이 소령은 봄날에 호숫가에서 청춘남녀들이 나들이를 나와서
뱃놀이와 말타기를 하며 노는 정경을 묘사한 곡이다. 이곳이
정확히 어디인지에 대해서는 자세히 알 수는 없지만 전체적인
분위기상 강남의 어느 한 호숫가의 풍경으로 보인다.

제3수

새들이 지저귀는 꽃 그림자 속에,
그 사람은 담장 가에 서 있어요.
춘심이 두 가닥으로 이끌리어,
맑은 두 눈으로 눈짓을 하네요.

三

鳥啼花影裏, 人立粉牆頭. 春意兩絲牽, 秋水雙波溜.

* 춘의(春意): 원래는 봄의 정취라는 뜻이지만 일반적으로 춘
  정(春情) 또는 춘심(春心)으로 남녀 간의 정욕을 비유하는
  말로 사용된다.
* 추수(秋水): 원래는 가을 물이지만 여기서는 가을 물처럼
  맑은 눈을 비유한다.
* 파류(波溜): 눈길을 주는 모양이다. 앞의 추수(秋水)와 합친
  추수파류(秋水波溜)를 줄이면 추파(秋波)가 된다.

이 소령은 봄날에 사랑을 느끼고 마음을 전하려는 여인의 정
겨운 모습을 묘사한 곡이다. 봄나들이를 나온 한 여인이 우연
히 담장 가에 서 있는 한 남자를 보고 첫눈에 마음에 들어 사

랑을 느끼고 추파를 던진다.

　원래 추파라는 말은 가을바람에 일렁이는 호수의 물결이라는 뜻인데 옛사람들은 시에서 그것을 주로 여인의 눈빛이나 눈짓을 비유하는 말로 사용하여, "눈썹은 그린 푸른 산 같고, 눈은 가을 물결 같다.(眉如靑山黛 , 眼似秋波橫)"라고 하였던 것이다. 『진서(晉書)』에 나오는 이 말은 비록 사곤(謝鯤)이 이웃집 여인에게 맞아 이가 부러진 이야기이다. 추파에 대한 최초의 기록은 초사 「초혼」에 나온다고 알려져 있다.

제4수

금향로에 향불을 사르며,
홍루 옆에 조용히 서 있네.
달이 버드나무 가지 끝에 달릴 때,
그이와 황혼녘에 만나자고 약속했지.

四

香焚金鴨鼎, 閒傍小紅樓. 月在柳梢頭, 人約黃昏後.

* 금압정(金鴨鼎): 옛날에 여자들의 깊은 규방에서 사용하던
  오리 모양의 금향로 향로이다.
* 홍루(紅樓): 붉은 칠을 한 높은 누각이란 뜻으로 부귀한 집
  안의 여자가 거처하는 곳이나 기녀가 사는 집을 가리킨다.

　이 소령은 향을 사르며 사랑하는 남자와의 만남을 기다리는
여인의 모습을 노래한 곡이다. 제 3-4구는 구양수의 <생사자>
「정월대보름날 밤(元夜)」(주숙진의 작이라고도 함)에 나오는
"달이 버드나무 가지 끝에 떠오를 때, 그이와 황혼녘에 만나
기로 약속했네.(月上柳梢頭, 人約黃昏後)"구에서 한 글자만 빼
고 그대로 차용하였다.

선려 취부귀

몽땅한 손톱

마른 죽순 같은 열 손가락,
부드러운 옷깃으로 금술잔을 든다.
은쟁을 연주하느라 글자가 다 닳았지만,
아무리 만지작거려도 천성이 둔하네.
그리움의 눈물 자국 있어도,
손으로 닦아야 하리라.

禿指甲

十指如枯筍, 和袖捧金樽, 搊殺銀箏字不眞, 揉癢天生鈍. 縱有相
思淚痕, 索把拳頭搵.

* 선려(仙呂): 궁조의 이름으로 주권의 『태화정음보』에서는
  "선려조는 신선하고 그윽하게 노래한다.(仙呂調唱淸新綿
  邈)"라고 하였다.
* 취부귀(醉扶歸): [선려]에 속하는 곡패의 이름으로 남북곡
  의 중간 삽입곡으로 사용된다. 북곡은 모두 6구, 35자, 6운
  이고, 남곡은 6구, 41자, 6운이다.

* 독지갑(禿指甲) : 끝이 닳아서 몽땅해진 손톱.
* 화수(和袖) : 수수(袖手)와 같은 뜻으로 옷깃에 감춰진 손이라는 말이다.
* 은쟁(銀箏) : 은으로 장식하거나 은 글씨로 음조의 높낮이를 표시한 쟁(箏)이라는 악기이다. 쟁은 거문고와 비슷하게 생겼으며 13개의 현이 있는 악기이다.
* 추(搊) : 악기를 연주하다. 타다.

이 소령은 은쟁을 연주하는 여인의 마음을 노래한 곡이다. 제목을 몽땅한 손톱이라 한 것은 은쟁을 연주하느라 손톱이 다 닳았다는 뜻이다. 사랑하는 사람을 기다리며 홀로 은쟁을 타면서 마음을 달래려고 하는데, 은쟁에 표시된 글자가 다 닳도록 연습해도 천성이 둔한지 잘 되지 않는다. 그러나 사실은 천성이 둔해서 그런 것이 아니라 마음이 심란해서 집중이 잘 되지 않는다는 의미이다. 바로 마지막 구에서 흐르는 눈물을 주먹으로 훔치는 것은 바로 그러한 이유이다.

선려 일반아

사랑의 마음 (4수)
題情 四首

제1수

구름 같은 쪽진 머리 매우 더부룩하고,
살짝　드러난 발 사각거리는 붉은 비단치마.
보통 기녀와는 비교도 안 되네.
예쁜 원수라고 당신을 욕하지만,
견딜 수 없으면서도 한편으론 히히거리네.

一

　雲鬢霧鬢勝堆鴉, 淺露金蓮簌絳紗. 不比等閒牆外花. 罵你箇俏
寃家, 一半兒難當一半兒耍.

* 일반아(一半兒): [선려]에 속하는 곡패의 이름이다. 사패
〈억왕손〉과 비교하면 마지막 구의 7자가 9자로 되어 있는
것만 다르다. '일반아'라는 세 글자가 반복해서 나오기 때
문에 붙여진 이름이다.

* 퇴아(堆鴉): 쪽진 머리의 정연함을 비유한다.
* 금련(金蓮): 전족한 여자의 예쁘고 작은 발을 가리킨다.
* 원가(冤家): 원수, 사랑하는 사람. 주로 사랑의 번민을 많이 가져다주는 연인을 가리킨다.
* 장외화(牆外花): 하층의 여인을 비유한 말로 여기서는 기녀를 가리킨다.
* 난당(難當): 감당하기 어렵다. 견딜 수 없다.

　이 소령은 한 기녀의 아름다움에 반한 어떤 남자의 연정을 묘사한 곡으로, 사랑의 마음을 노래한 4수 중 첫 번째 작품이다. 이것은 작자가 청춘남녀의 애정생활 속에서의 감동적인 정경을 포착하여 흥미진진하게 그림을 연결하듯이 표현한 것으로, 감춰짐 속에 드러남이 있고 발랄함 속에 온화함이 있어 매우 매력적이다. 여기에는 전통시가에서 보이는 온유돈후의 시교(詩教)도 없고 남녀 간의 경계를 긋는 그 어떠한 선도 찾아볼 수 없다. 특히 남자의 눈으로 본 여인의 아름다운 용모를 구름 같은 쪽진 머리와 전족한 작은 발에 비유한 것이 상당히 돋보인다. 그리고 원수라는 뜻의 원가(冤家)는 원곡에서 사랑하는 사람에 대한 애칭으로 많이 사용되는데, 작자는 이 원수를 예쁜 원수(俏冤家)라고 표현하여 사랑의 감정을 더욱 강조하였다.

제2수

푸른 창 밖 고요하여 인적이 없는데,
침상 앞에 꿇어앉아 서둘러 입맞춤을 요구하여,
배신자 욕하면서 몸을 돌린다.
비록 화가 나서 한 말이지만,
거절하면서 한편으론 허락하네.

二

碧紗窗外靜無人, 跪在牀前忙要親. 罵了箇負心回轉身. 雖是我
話兒嗔, 一半兒推辭一半兒肯.

* 부심(負心): 배신하다. 주로 사랑을 저버리다.
* 전(嗔): 화내다. 성내다. 나무라다.
* 추사(推辭): 거절하다.

이 소령은 남자에 대한 여인의 사랑을 묘사한 곡으로 남녀의
열렬한 감정이 앞의 곡보다 더 강하게 나타나 있고 표현도 더
대담하다. 침상 앞에 꿇어앉아 구애하는 남자를 욕하면서 몸을
돌리는데 이것은 아마 남자가 좀 더 일찍 오지 않은데 대한 여
자의 원망일 것이다. 따라서 여자는 겉으로는 거절하지만 속으

로는 자신을 허락하지 않을 수 없었던 것이다. 여기에는 겉으로는 남자를 원망하면서도 실제로는 사랑하는 여인의 이중 심리가 아주 세밀하게 묘사되어 있다.

이 소령은 감정이 진지하고 언어는 본색적이며 정조는 음탕하지 않으면서도 매우 진실하여, 「자야(子夜)」·「독곡(讀曲)」등 악부민가의 가장 아름다운 주옥에 해당한다고 할 수 있다.

제3수

은대의 등잔불 꺼지고 향로의 연기도 사라져,
홀로 비단 휘장 안으로 들어가 눈물을 적시네.
문득 홀로 자니 더욱 마음이 나른해지고,
얇은 이불을 홀로 덮으니,
한편으론 따스하고 한편으론 싸늘하네.

三

銀臺燈滅篆煙殘, 獨入羅幃淹淚眼. 乍孤眠好教人情興懶. 薄設
設被兒單, 一半兒溫和一半兒寒.

* 전연(篆煙): 전서체 모양으로 꼬불꼬불 올라가는 향로의 연
  기를 가리킨다.
* 사(乍): 문득, 갑자기.
* 박설설(薄設設): 얇은 모양을 형용한 말이다.

이 소령은 사랑하는 이를 떠나보내고 독수공방하는 여인의
외로운 심정을 노래한 곡이다. 이별에 대한 직접적인 언급은
없지만 꺼져버린 등잔불과 다타버린 향로의 향을 통해 밤새 그
리워하는 여인의 심정이 잘 투영되어 있다.

제4수

다정다감한 원수 같은 자기,
사람을 꼬셔놓고 이렇게 초췌하게 만들다니.
지금까지 한 말이 나를 속인 거짓말일까.
어떻게 알려나?
진짜인 듯하면서 거짓인 듯한데.

四

多情多緖小寃家, 迤逗的人來憔悴煞. 說來的話先瞞過咱, 怎知他, 一半兒眞實一半兒假.

* 소원가(小寃家): 젊은 연인들 사이의 애칭이다.
* 이두(迤逗): 꾀이다, 유혹하다, 도발하다.

이 소령은 남자 주인공이 사랑하는 여인 때문에 애태우는 심정을 노래한 곡이다. 혹자는 주인공을 여자로 보기도 하지만 원망의 표현에서 보이는 애교어린 어투가 남자임을 짐작케 한다. 이 곡에서 주인공은 간혹 상대를 의심하기도 하지만 원수 같은 자기라는 말로써 사랑과 원망이 뒤섞인 심정을 은유적으로 잘 나타내고 있다.

　이상의 4수의 곡에는 사랑이 키워드로 전편을 관통하고 있
다. 만남의 기쁨이나 이별의 그리움을 막론하고 모두 주인공의
진지하고 깊은 사랑의 감정을 반영하고 있다.

중려 보천악

최앵앵과 장군서의 이야기 16수
崔張十六事 十六首

보구사의 인연

서락(西洛)의 나그네 인연을 말하며,
보구사에서 방편을 찾았네.
재자가인은,
첫눈에 반하여.
굶주린 눈초리로 뚫어지게 바라보며,
걸신들린 입으로 군침만 삼킨다.
문은 배꽃 만발한 한적한 정원에 닫혀있고,
화려한 담장은 푸른 하늘처럼 높다네.
풍류미인을 천만 명이나 모아도,
이렇게 아리따운 여인은 보기 드물어,
마음을 진정할 수 없게 하구나.

普救姻緣

　西洛客說姻緣, 普救寺尋方便. 佳人才子, 一見情牽. 餓眼望將
穿, 饞口涎空嚥. 門掩梨花閒庭院, 粉牆兒高似靑天. 顚不刺見了萬

千, 似這般可喜娘罕見, 引動人意馬心猿.

* 중려(中呂): 궁조의 이름으로 주권의 『태화정음보』에서는
  "중려궁은 오르내림이 변화무쌍하게 노래한다.(中呂宮唱,
  高下閃賺)"라고 하였다.
* 보천악(普天樂): [중려]에 속하는 곡패의 이름이다.
* 서락객(西洛客): 서락의 나그네는 「서상기」와 「앵앵전」의
  남자 주인공 장군서(張君瑞)를 말한다. 서락은 장군서의 고
  향이다. 「서상기」 제1본 제2절에서 장군서는 홍랑에게 자기
  를 소개하면서, "소생은 성이 장, 이름이 공, 자는 군서, 본
  관은 서락이고, 나이는 스물 셋, 정월 십칠일 자시 생으로
  결코 장가를 든 적이 없으며 ……"라고 하였다.
* 보구사(普救寺): 산서성 운성지구에 있다. 중국의 역사 명극
  「서상기」 이야기의 발생지이다.
* 전부자(顚不刺): 풍류스런 미인을 가리킨다.
* 가희낭(可喜娘): 귀여운 여자. 아름다운 소녀.
* 의마심원(意馬心猿): 생각은 말처럼 달리고 마음은 원숭이
  처럼 설렌다는 뜻으로 번뇌와 정욕 때문에 마음이 흐트러져
  억누를 수 없음을 이르는 말이다.

　이 16수의 작품은 『악부군주』 권4에 관한경의 작품으로 실
려 있는데, 그 내용이 최앵앵(崔鶯鶯)과 장군서의 사랑이야기
를 노래한 「서상기」의 가사를 그대로 옮겼거나 약간 개작한 것

이라서 후세 사람들의 의심을 받고 있다. 그러나 아직까지 이를 반박할 만한 자료가 나오지 않고 있어 여기서는 관한경의 작품에 그대로 수록하고 더 이상 작자 문제는 논하지 않겠다.

이 16수의 곡은 연장체(일종의 모음곡) 소령으로 작자는 주로 장군서의 시각에서 서상(西廂) 고사의 발단과 절정·결말을 개괄하였다. 고사의 제재는 주로 「서상기」를 근거로 하였으며 「서상기」의 원문을 그대로 많이 옮겨 놓기도 하였다.

제일 첫 곡인 「보구사의 인연」은 「서상기」 제1본 제1절의 내용이다. 「서상기」 제1본의 제목은 '법회에서 설쳐대는 장군서(張君瑞閙道場)'이다. 장군서는 보구사에서 앵앵을 보고 첫눈에 반해 호감을 느끼고, 앵앵에게 접근하기 위해 무척 애를 쓰지만 노부인과 홍랑 등에 의해 좌절된다.

이 소령은 장군서가 보구사에 놀러갔을 때 최앵앵을 처음 보고 나서 일으킨 심리 상황에 대한 묘사이다. 즉 장군서는 낙양에서 와서 보구사로 놀러갔다가 뜻밖에 앵앵을 보고 첫눈에 반하게 된다. "굶주린 눈초리로 뚫어지게 바라보며, 걸신들린 입으로 군침만 삼킨다." 2구에서는 사랑에 대한 장군서의 갈망을 묘사하여 앵앵의 미모를 부각시켰다. 당시 사회에서 청춘남녀는 자유롭게 연애할 수 없었으며, 혼인대사는 오로지 부모님이 정해주는 대로 따라야만 했다. 그런데 앵앵에 대한 장군서의 마음은 「서상기」에서 표명한 개성의 해방과 혼인의 자유와 비슷하다. 장군서는 자신의 결혼 문제를 벼슬길에 나아가서 입신양명하는 것보다 더 중요하다고 생각하였던 것이다.

서상에 머물며

아리따운 홍랑,
험상궂은 법본(法本) 스님,
재난을 없애려고,
장군서를 힐끗 보네.
바로 아가씨께 간청하여,
풍류의 일을 말하네.
어머니는 딸의 춘심이 움직일까 두려워,
온갖 묘책으로 방비하지만.
오히려 원앙은 나란히 날고,
꾀꼬리는 짝을 만들고,
흰나비는 쌍을 이루리라.

西廂寄寓

嬌滴滴小紅娘, 惡狠狠唐三藏. 消磨災障, 眼抹張郎. 便將小組央, 說起風流況. 母親呵怕女孩兒春心蕩, 百般巧計關防, 倒賺他鴛鴦比翼, 黃鶯作對, 粉蝶成雙.

* 교적적(嬌滴滴): 여성의 아름답고 사랑스러운 모양을 형용한다. 매우 귀엽다. 사랑스럽다.
* 악한한(惡狠狠): 흉악하고 용맹한 모습을 형용한다.

* 당삼장(唐三藏): 원래는 당나라 때의 k
인데 여기서는 「서상기」의 등장인물인 보구사의 법본장로(法本
　長老)를 가리킨다.
* 재장(災障): 재난
* 춘심(春心): 여자가 이성을 그리는 심정
* 백반(百般): 여러 가지, 백방으로.
* 비익(比翼): 비익조는 한 해가 눈 하나와 날개 하나만 있어
　서 두 마리가 서로 나란히 해야 비로소 두 날개를 이루어
　날 수 있다고 하는 새이다. 부부의 정이 아주 좋거나 남녀
　간의 사랑이 썩 깊음을 비유한다.

　이 소령은 「서상기」 제1본 제2절의 내용을 기반으로 하고 있
다. 이 곡의 전반부에서는 모두 「서상기」 원문에서 제재를 취
하였는데, 주로 장군서가 홍랑을 처음 만나 그녀에게 자기를
소개하는 내용을 묘사하였다. 후반부에서 작자는 "오히려 원앙
은 나란히 날고, 꾀꼬리는 짝을 만들고, 흰나비는 쌍을 이루리
라."라고 하였는데, 「서상기」 원문에는 "꾀꼬리가 짝을 짓는
걸 탓하고, 흰나비가 쌍을 이루는 걸 원망한다.(怪黃鶯兒作對,
怨粉蝶兒成雙)"라고 되어 있다. 즉 「서상기」에서는 노부인이
두 청춘남녀의 만남을 부정적으로 보았지만, 이 소령의 작자는
그것을 긍정적으로 보고 노부인의 갖은 방해를 받으면서도 결
국 그들의 아름답고 자유스런 사랑의 감정을 성취하는 과정을
형상적으로 묘사하였다.

연애시를 주고받다

전각은 티 없이 깨끗하고,
명월은 거울처럼 둥글다.
바람이 푸른 옷깃에서 일어나고,
꽃이 한가로운 정원에 떨어진다.
청아한 오언시 구절,
쌍방이 혼약을 하네.
풍류를 만나 속마음을 알았으니,
현명한 사람은 현명한 사람을 알아보구나.
만약 마음으로 존경과 중시를 받으면,
환한 미소로 보답하며,
손바닥을 높이 들겠지.

酬和情詩

玉宇淨無塵, 寶月圓如鏡. 風生翠袖, 花落閒庭. 五言詩句語清,
兩下里爲媒証, 遇着風流知音性, 惺惺的偏惜惺惺. 若得來心肝兒
敬重, 眼皮兒上供養, 手掌兒里高擎.

* 옥우(玉宇): 옥으로 만든 집이란 뜻으로 전설에 옥황상제나
  신선이 사는 장소이다. 화려한 궁전. 여기서는 보구사 건물
  을 뜻한다.
* 보월(寶月): 명월(明月). 밝은 달.

* 양하리(兩下里): 쌍방. 양쪽. 양측.
* 매증(媒証): 혼약. 중매인.
* 성성(惺惺): 현명하다. 현명한 사람. 성성석성성(惺惺惜惺惺)은 현명한 사람을 현명한 사람을 서로 아낀다는 뜻이다.
* 안피아상공양(眼皮兒上供養): 눈꺼풀로 공양하다. 즉 웃는 눈으로 인사하다는 뜻이다.

　이 소령은 「서상기」 제1본 제2절과 제3절의 내용을 기반으로 하고 있다. 이 곡에서 작자는 달 밝은 밤에 장군서와 앵앵이 서로의 마음을 알아보기 위해 연애시를 주고받는 장면을 묘사하였다. 여기서도 작자는 「서상기」 원문의 내용을 옮겨와서 두 사람의 재능을 칭송하고 앵앵에 대한 장군서의 사랑과 갈망을 부각시켰다. "청아한 오언시 구절"이란 장군서가 앵앵에게 보내어 그녀를 감동시킨 시구와 앵앵이 그에 화답한 시구를 가리킨다.

분수에 맞는 좋은 일

절에 높이 뜬 둥근 달,
선당에 가득한 향 연기.
법총스님이 와서 이르기를,
좋은 일에 밤새워 불공드린다네.
하늘에서 내려온 신선처럼,
멋진 사람으로 기도하며,
경국지색을 마음껏 쳐다보네.
자비스런 얼굴이 희미할 때,
어느새 새벽이 되어.
슬그머니 집으로 돌아가니,
쌍방이 시끌벅적 하였었네.

随分好事

梵王宮月輪高, 枯木堂香煙罩. 法聰來報, 好事通宵. 似神仙離碧霄, 可意種來淸醮, 猛見了傾國傾城貌. 將一箇發慈悲臉兒朦着, 葫蘆啼到曉. 酪子里家去, 只落得兩下里獲鐸.

* 범왕궁(梵王宮): 원래는 범천왕궁으로 여기서는 절과 불당을 통칭하는 말이다.
* 고목당(枯木堂): 스님이 참선하는 선당이다. 마치 고목처럼 앉아 꼼짝하지 않고 좌선에 몰두하기 때문에 일컫는 말이다.

* 법총(法聰): 「서상기」에 등장하는 인물로 보구사 법본스님
  의 제자이다.
* 가의종(可意種): 마음에 드는 사람.
* 청초(清醮): 제단을 차려놓고 기도하다.
* 호로제(葫蘆啼): 암암리에. 어리석다. '葫蘆提·葫蘆題'라
  고도 쓴다.
* 획탁(獲鐸): 떠들썩하다. 와자하다.

이 소령은 「서상기」 제1본 제3절과 제4절의 내용을 기반으
로 하고 있다. 보구사에서 앵앵에게 반한 장군서는 법본장로에
게 부탁하여 방 한 칸을 빌려 새벽과 저녁으로 대사님의 가르
침을 받겠다고 하여 서상(西廂) 근처에 방을 얻는 데 성공한
다. 그리고는 앵앵이 나오면 어떻게든 말을 붙여 인연을 만들
겠다고 계획한다. 밤에 달구경 나온 앵앵의 모습을 보고 장군
서는 그 빼어난 미모에 완전히 매료되어, "그녀 얼굴은 자그마
하게 어여쁘고, 속살은 옷깃 반쯤 드러났구나. 소매를 드리운
채 말이 없고, 치마를 늘어뜨린 채 말이 없네. 아황과 여영 두
왕비가 순임금 사당의 붉은 대문에 기대어 서있는 듯, 달나라
항아가 하얀 선녀의 모습 살짝 드러내는 듯, 참으로 기막힌 미
인이구나." 라며 찬탄을 금치 못한다.
이 곡에서는 2월 보름 재를 올리는 날 법본장로의 주선으로
분향에서 함께 마주치게 된 장군서와 앵앵이 서로의 마음을 확
인하며 수선을 떨었던 장면을 묘사하였다.

편지를 보내어 도적을 물리치다

법화경도 읽지 않고,
양황참도 하지 않아,
도적들이 쳐들어오니,
이 상황을 어찌 감당하리오.
법총스님이 앞으로 가서,
도적을 정탐하고 와서,
자칫 미인을 함정에 빠뜨릴 뻔하여,
불가피하게 젊은 서생이 편지를 보냈네.
두장군은 위풍당당 용감하고,
장수재는 글을 아주 잘 썼으며,
손비호는 마침 창피를 당하였네.

封書退賊

不念法華經, 不理梁皇懺, 賊人來至, 情理何堪. 法聰待向前, 便把賊來探, 險把佳人遭坑陷, 消不得小書生一紙書緘. 杜將軍風威勇敢, 張秀才能書妙染, 孫飛虎好是羞慚.

* 양황참(梁皇懺): 양나라 무제가 부인 치씨(郗氏)를 제도하기 위해 만든 참법이다.
* 소부득(消不得): … 하지 않을 수 없다. 피할 수 없다. 불가피하게.

* 두장군(杜將軍): 「앵앵전」에서는 두확(杜確)에게 천자의 명을 받들어 병사를 통솔해 가도록 했다고 하였으며, 「서상기」에서는 그를 백마장군(白馬將軍)이라 하였다.
* 손비호(孫飛虎): 「서상기」에 나오는 인물인데 반란군의 우두머리로 보구사를 포위하였다.

　이 소령은 「서상기」 제2본 제1절과 설자의 내용을 기반으로 하고 있다. 여기서는 장군서가 계책을 세워 보구사를 포위한 반란군 손비호 일당을 물리친다.

　먼저 제1절 설자에서 등장한 손비호는 천하가 어지러워 오천 병사를 거느리고 반란을 일으켰는데 최앵앵이 경국지색이라는 소문을 듣고 그녀를 잡아 마누라로 삼는 것이 평생의 소원이라 한다. 그리고 손비호는 실제로 오천 반란군을 이끌고 절을 포위하여 앵앵을 내놓으라고 협박한다. 깜짝 놀란 노부인은 손비호를 물리친 사람에게 앵앵을 시집보내겠다고 약속을 하자, 장군서는 계책을 세워 한편으로는 사흘 후에 앵앵을 보내겠다고 하여 손비호를 속이고, 다른 한편으로는 백마장군 두호에게 편지로 구원병을 청하여 손비호를 물리치게 된다.

　이 곡에서는 「서상기」 원문의 내용을 그대로 가져온 것이 비교적 적은 편이다. 대부분 이야기의 줄거리에 대한 소개로 병사들이 보구사를 에워싸고, 장군서가 두장군에게 편지를 보내어 도적들을 물리친 내용을 개괄하였다.

빈 말로 정성에 감사하다

동각(東閣)에서 화려한 연회를 여니,
서상에서 달과 함께 기다리는 것보다 좋아라.
홍랑이 만복선생을 청하러 와서.
청한다는 말은 하지도 않았는데,
가겠다는 말은 즉시 대답하네.
공들여 멋있게 꾸민 얼굴,
눈꼴사나워 어금니가 시릴 정도라네.
음식이 아직 되지 않아,
곳집에 쌓여있는 묵은 쌀이요,
장독에 가득 담긴 순무라네.

虛意謝誠

東閣玳筵開, 不强如西厢和月等. 紅娘來請萬福先生. 請字兒未
出聲, 去字兒連忙應. 下功夫將額顱十分掙, 酸溜溜螫得牙疼. 茶飯
未成, 陳倉老米, 滿甕蔓菁.

* 동각(東閣): 옛날에 손님을 접대하던 누각으로 동루(東樓)
  라고도 한다.
* 대연(玳筵): 대모(玳瑁)로 장식한 자리라는 뜻으로 화려한
  연회를 가리킨다.
* 불강여(不强如): … 보다 낫다. 여기에서 불(不)자는 뜻이

없다.

* 하공부(下功夫): 시간이나 노력을 들이다.
* 액노(額顱): 이마. 머리.
* 십분쟁(十分掙): 대단히 아름답다.
* 산류류(酸溜溜): 마음이 쓰리다. 시큼하다. 시샘하다.
* 진창노미(陳倉老米): 곳집에 쌓여 있는 묵은 쌀.

이 소령은 「서상기」 제2본 제2절의 내용을 기반으로 하고 있다. 이 곡의 제목은 「빈 말로 정성에 감사하다」인데, 이것은 노부인이 승낙했던 약속을 파기하고 지난날 보구사에서 도적들을 물리치는 자에게 앵앵을 아내로 주겠다고 한 약속에 대한 후회를 가리킨다. 「서상기」에서는 장군서와 홍랑이 연회에 참석하기 전에 혼사에 대해 자신감이 충만하여 혼사가 곧 성사될 것이라 생각하였다. 그런데 이 소령에서는 작자가 장군서와 홍랑이 실망하는 정서를 표현하였다. 음식이 아직 되지 않았다는 것은 중의적인 의미로 호사다마(好事多魔)를 암시하면서 때가 아직 익지 않았다는 뜻을 내포하고 있다.

어머니가 생각을 바꾸다

장군서가 사람을 많이 알지 않았더라면,
어떻게 우리 집안의 재앙을 구했을까요?
당신의 은혜를 갚아야 하는데,
나보고 오라버니로 대하라고 하네요.
어머니가 특별히 고려해서,
나를 혼수품으로 한 것 같은데,
빤히 보면서 비목어를 갈라놓다니.
그 사람 운명과 복이 어떤지 알겠어요.
나는 여기서 축 늘어져서,
지척인데도 멀리 떨어진 것 같아,
사실은 내 어깨를 펴지 못하겠어요.

母親變卦

若不是張解元識人多, 怎生救咱全家禍. 你則合有恩便報, 倒教
我拜做哥哥. 母親你忕慮過, 怕我陪錢貨, 眼睜睜把比目魚分破. 知
他是命福如何. 我這里軟攤做一垛, 咫尺間如同間闊, 其實都伸不
起我這肩窩.

* 변괘(變卦): 원래의 주장이나 이미 정해진 일이 갑자기 바
  꾸다.

* 장해원(張解元): 장군서를 가리킨다. 해원은 원래 향시의 일
  등 급제자를 일컫는 말이었는데 송원시대에는 독서인의 통
  칭으로 사용되었다.
* 배전화(陪錢貨): 옛날에 딸을 시집보낼 때 부모가 혼수품을
  보내는 것을 말한다.
* 안정정(眼睜睜): 눈으로 빤히 보면서.
* 비목어(比目魚): 눈이 하나밖에 없어 두 마리가 좌우로 달
  라붙어야 헤엄을 칠 수 있다고 하는 전설상의 물고기이다.
  떨어질 수 없는 남녀 연인 사이를 비유하는 말로 사용된다.
  이와 비슷한 뜻으로 비익조(比翼鳥)가 있다.
* 연탄(軟攤): 축 늘어지다. 휘청휘청하다. 녹초가 되다.
* 간활(間闊): 오랫동안 떨어져 있어 만나지 못하다.

이 소령은 「서상기」 제2본 제3절의 내용을 기반으로 하고 있
다. 여기에서 노부인이 당초의 약속을 깨고 장군서와 앵앵의
혼인을 거절하자 장군서는 술에 취하여 노부인에게 따지며 말
하기를, "예전에 도적들이 밀어닥쳤을 때, 마님의 말씀이 도적
을 물리치는 사람에게 앵앵을 시집보내겠노라고 하였지요. 소
생은 용감히 나서서 두장군에게 편지를 써, 마님의 화를 없애
드리고자 했습니다. 오늘 소생더러 잔치에 나오라고 하시면서,
기쁜 기약이 있을 것이라고도 하였습니다. 마님께서는 어떤 생
각에 오누이의 예로써 대하라 하시는지요? 소생은 먹고 마시기
위해 온 것이 아니니, 일이 성사되지 않는다면 저는 당장 하직
인사를 드려야겠습니다." 라고 하였다. 이에 노부인은 "선생이

비록 우리를 살려준 은혜가 있으나, 딸의 아버지가 살아 계실 적에 이미 저의 조카 정항에게 결혼을 허락하셨으니 어찌합니까?"라고 변명을 한다.

「서상기」 제2본에서 주창(主唱)은 최앵앵이 하고 "나는 여기서 축 늘어져"라는 동작은 장군서가 하는 것이었는데, 이 곡에서 작자는 이 동작을 앵앵이 하도록 하였다. 잡극의 체재는 주창이 있고 나머지 사람은 대사와 동작이 있어 각 인물들의 심리 활동과 성격 특징을 다각도로 묘사할 수 있다. 그래서 앵앵이 창을 하는 동시에 장군서의 동작과 느낌을 함께 묘사할 수 있었던 것이다. 그런데 소령에서는 편폭의 제한으로 한 사람의 시선만으로 처리할 수밖에 없기 때문에 시선이 고정되어 있다. 이 소령에서 앵앵을 묘사하면서 장군서의 동작을 앵앵에게 돌릴 수밖에 없었던 이유도 바로 그 때문이다.

담장 밖에서 고금소리 듣다

달 밝은 가운데,
고금(古琴) 연주 소리,
근심이 만 가지로 생겨나,
속마음을 하소연한다.
음을 아는 사람의 귀는,
그것을 듣고 꽃다운 마음이 움직인다.
사마상여와 탁문군은 사랑에 치우쳐,
그들은 일찍이 고금을 연주했었네.
황학취옹도 아니고,
읍린비봉도 아니며,
청야문종도 아니라네.

隔牆聽琴

月明中, 琴三弄, 閒愁萬種, 自訴情衷. 要知音耳躲, 聽得他芳心
動. 司馬文君情偏重, 他每也曾理結絲桐. 又不是黃鶴醉翁, 又不是
泣麟悲鳳, 又不是淸夜聞鐘.

* 삼농(三弄): 금곡(琴曲) 3절이란 뜻이다. 고금과 거문고의
  연주기법의 하나이기도 하다.
* 이결(理結): 악기를 연주하다.

* 사동(絲桐): 고금(古琴). 고대에는 명주실로 현을 만들고 오
  동나무로 고금을 만들었기 때문에 이르는 말이다.
* 황학취옹(黃鶴醉翁): 고대 금곡(琴曲) 이름이다.
* 읍린비봉(泣麟悲鳳): 고대 금곡(琴曲) 이름이다.
* 청야문종(淸夜聞鐘): 고대 금곡(琴曲) 이름이다.

　이 소령은 「서상기」 제2본 제4절의 내용을 기반으로 하고 있
다. 이 곡에서는 「서상기」 원문과 차이가 없으며 달빛 아래에
서 사랑을 나누는 장면을 형상적으로 개괄하였다.
　여기에서 어머니의 반대로 장군서와의 혼인이 좌절된 앵앵은
분향하러 가는 길에 밝은 달은 바라보며 그리움의 정이 일어나
서, "어머니가 어제 동각(東閣)에서 큰 잔치 여실 적에, 어떻게
해서라도 산해진미 장만하시는 줄 알고, 기분이 몽롱하였더라.
비취 소매 정성껏 옥 술잔 올리거라 하셨으니, 주인의 마음 정
중해야 한다 아니 하던가요? 그런데 오누이로 맺어라 하니, 부
부의 즐거움을 함께 할 수 없었네." 라고 노래하며 슬픔에 젖
어든다. 이때를 틈타 장군서는 미리 준비해두었던 고금(古琴)
을 연주하여 앵앵의 마음을 사로잡는다. 그는 사마상여가 탁문
군을 유혹할 때 연주하였다고 하는 「임 찾는 봉황(鳳求凰)」으
로 앵앵에게 사랑의 마음을 전달한다. 담장 밖에서 이를 듣고
있던 앵앵은 "정말로 잘하시는 구나! 그 가사는 애절하고, 그
뜻은 간절하니, 허공에서 학이 우는 양 애처롭구나. 그것을 듣
자니, 나도 모르게 눈물이 흐르네." 라며 감동에 젖어든다.

편지를 보고 병에 걸리다

편지를 부치는 것도 안 되어,
상사병이 이번에 더 심하네.
단지 당신 때문에 문에 기대어 달을 기다리고,
귀를 기울여 고금을 듣는데,
저 편작이 오더라도,
실로 치료가 어려워라.
단지 식초에 당귀를 담아야 한다는데,
이 처방은 여기저기서 찾기가 어렵다네.
어머니가 아직 안 잔다는 걸 알긴 아는데,
홍랑의 마음은,
군자를 견디기 어렵게 하네.

開書染病

寄簡帖又無成, 相思病今番甚. 只爲你倚門待月, 側耳聽琴, 便有那扁鵲來, 委實難醫恁. 止把酸醋當歸浸, 這方兒到處難尋. 要知是知母未寢, 紅娘心沁, 使君子難禁.

* 편작(扁鵲): 전국시대의 명의로 전설적인 명성을 남겼으며, 그의 저서라고 하는 의서가 많다. 시기를 받아 암살되었다고 한다.
* 위실(委實): 확실히. 실로.

* 산초(酸醋): 식초.
* 방아(方兒): 약방. 처방. 방법.

　이 소령은 「서상기」 제3본 제4절의 내용을 기반으로 하고 있다. 「서상기」 제3본에서는 상사병에 걸려 드러눕게 된 장군서를 두고 앵앵은 갈등에 빠지고, 홍랑은 두 사람을 결합시키기 위해 노력한다. 앵앵은 이미 장군서를 마음 깊이 사랑하게 되었지만 과감하게 밀고 들어오는 장군서를 쉽게 받아들이지 못하는데, 홍랑의 노력으로 두 사람은 다시 서로의 마음을 확인하고 밀회를 약속하게 된다.

　이 16수의 소령은 「서상기」의 축소판으로서 이야기 줄거리도 완전히 같다. 그러나 여덟 번째 곡 「담장 밖에서 고금소리 든다」가 끝난 뒤에 작자는 바로 그 다음에 편지가 서로 오가는 제1·2절의 내용과 장군서가 담을 뛰어넘는 정채로운 이야기를 포기하고 바로 「서상기」 제3본의 앞 3절로 달려가서, 마지막 절의 줄거리를 직접 서사하였다. 서두에서 바로 편지를 부치는 것도 안 된다는 말로써 간략하게 지나갔다.

꾀꼬리와 꽃이 짝을 이루다

춘정은 부드러운 가슴에 스며들고,
춘색은 눈썹처럼 아름답게 펼쳐져,
신혼이라 즐거우니,
괴로움은 지나가고 행복이 찾아왔네.
고금을 연주할 필요도 없고,
서상에서 달과 함께 기다릴 필요도 없어,
늙어죽도록 이번 생애에 함께 사랑하리라,
마치 유신·완조와 천태산의 선녀들처럼.
다만 어머니가 의심할까 두려워,
시녀가 가짜로 어긋난 척 하니,
아가씨는 받아들이기 어렵네.

鶯花配偶

　春意透酥胸, 春色橫眉黛, 新婚燕爾, 苦盡甘來. 也不索將琴操彈, 也不索西廂和月待, 盡老今生同歡愛, 恰便是劉阮天台. 只恐怕母親做猜, 侍妾假乖, 小姐難捱.

* 유흉(酥胸): 부드럽고 하얀 가슴.
* 불색(不索): … 할 필요 없다. … 해서는 안 된다.
* 미대(眉黛): 눈썹먹으로 그린 아름다운 눈썹.
* 흡편(恰便): 흡편사(恰便似). 마치 … 같다.
* 유완(劉阮): 천태산에 들어가 두 선녀를 만나 살았다는 유

신(劉晨)과 완조(阮肇)를 가리킨다. 남조시대 유의경의 『유
명록(幽明錄)』에 의하면, 후한 명제 영평(永平: 58-75) 연
간에 유신은 완조와 함께 약초를 캐러 천태산에 올라갔다가
길을 잃었는데 산속에서 아름다운 두 여인을 만나 반년을
함께 살았다. 그들은 집에 돌아길 부탁하여 집에 도착하니
자손들이 이미 7대까지 내려가 있었다. 그 후 유신과 완조
는 다시 천태산으로 들어갔으나 그 여인들의 행방을 찾지
못했다.
* 천태(天台): 천태산으로 지금의 절강성 천태현(天台縣) 북
  쪽에 있으며 서하령산맥의 동쪽 줄기이다.

이 소령은 「서상기」 제4본 제1절의 내용을 기반으로 하고 있
다. 「서상기」 제4본에서 장군서와 앵앵은 우여곡절 끝에 결국
부부관계를 맺게 된다. 처음에 노부인은 한발 물러나서 두 사
람의 불법적이 결합을 승인하는 척하였지만, 곧바로 백면서생
을 사위로 맞이하지 못하겠다고 하면서 장군서에게 과거에 응
시할 것을 명한다.
이 곡에서는 간략한 언어로 「서상기」 제4본의 제1절의 줄거
리를 서술하였다. 제일 마지막 3구는 작자의 창작인데 앵앵의
심리 활동에 대한 추측으로 앵앵의 예지를 표현하였다. 장군서
의 성의와 홍랑의 입장을 여러 번 확인하는 것은 또한 노부인
의 심각한 인식에 바탕을 두고 있다.

꽃이 남녀의 사랑을 애석하게 여기다

젊은 부인은 이유를 말하고,
노부인은 근원을 캐며,
나는 신기한 침과 뜸만 말하지만,
원래는 잉꼬 같은 사이였다네.
홍랑이 먼저 알아서 처리하여,
아가씨의 권위가 떨어지자,
나는 창문 밖에서 몇 번이나 기침을 하네,
무엇 때문에 정이 이리 깊은지.
부인 당신이 그만두려면 그만두고,
추태를 보일 필요도 없어요,
예로부터 딸이 크면 붙잡아두기 어려웠어요.

花惜風情

小娘子說因由,　老夫人索窮究,　我只道神針法灸,　却原來燕侶鸞
儔. 紅娘先自行, 小姐權落後, 我在這窓兒外幾曾敢咳嗽, 這殷勤着
甚來由. 夫人你得休便休, 也不索出乖弄醜, 自古來女大難留.

* 신침법구(神針法灸): 신기한 침과 뜸 기술.
* 연려난주(燕侶鸞儔): 제비의 짝과 난새의 짝이란 뜻으로 사
  랑하는 젊은 남녀 또는 부부를 비유한다.
* 착심내유(着甚來由): 무슨 이유로. 어찌 이리 괴로운가.

* 출괴농추(出乖弄醜): (여러 사람 앞에서) 추태를 부리다.

* 여대난류(女大難留): 여자가 성인이 되면 집에 붙잡아 두기
  가 어렵다. 딸이 크면 시집보내야 한다.

이 소령은 「서상기」 제4본 제2절의 내용을 기반으로 하고 있
다. 여기서는 장군서와 앵앵의 밀회를 눈치 챈 노부인이 홍랑
을 불러 사실을 확인한다. 노부인의 다그치는 말에 홍랑은 결
국 사실을 털어놓으면서, "저는 신통한 침과 뜸 얘기인 줄 알
았지. 누가 짝짓는 제비 꾀꼬리 될 줄 생각했겠어요? 그들 두
사람은 한 달포 함께 잤거늘, 꼬치꼬치 유래를 물을 필요 있나
요?" "그들은 걱정도 몰라요. 수심도 몰라, 두 마음이 하나 되
었지요. 마님 눈 감아야 할 때는, 감아야 하지요. 이제 와서 어
찌 꼭 따져야 하나요? 속담에도 딸이 크면 남겨두어서는 안 된
다고 하였잖아요." 라고 노래한다. 그리고는 『논어』의 구절까지
예를 들어가며 보구사에서 손비호에게 포위되었을 때 그들을
구해준 장군서의 신의를 저버려서는 안 된다고 노부인을 설득
한다.

이 소령에서 작자는 「서상기」 제4본 제2절에서 노부인이 홍
랑을 다그치는 부분을 노래하면서, 그 가운데 정채로운 홍랑의
대화를 제재로 삼고 총명하고 영리한 홍랑의 성격 특징을 형상
적으로 표현하였다.

장군서가 과거보러 가다

하늘엔 푸른 구름,
땅에는 노란 국화,
가을바람 불어오고,
흰기러기 남으로 날아가네.
만나기 어려움이 한스러운데,
일찍 이별하기는 또한 쉽다네.
오랜 후에 비록 좋은 부부가 되더라도,
언제 어떻게 슬피 울지 않으랴.
나는 잠깐 동안 그의 짝이 되었으나,
일찌감치 금팔찌가 느슨해지고,
향기로운 피부가 줄어들었네.

張生赴選

碧雲天, 黃花地, 西風緊, 白雁南飛. 恨相見難, 又早別離易. 久
已後雖然成佳配, 奈時間怎不悲啼. 我則厮守得一時半刻, 早鬆了
金釧, 減了香肌.

* 부선(赴選): 과거시험에 응시하러 가다.
* 가배(佳配): 좋은 배필. 좋은 배우자.
* 시수(厮守): 서로 의지하다. 기대다. 짝이 되다.
* 일시반각(一時半刻): 매우 짧은 시간.

이 소령은 「서상기」 제4본 제3절의 내용을 기반으로 하고 있다. 홍랑의 재기 넘치는 설득으로 노부인은 앵앵과 장군서의 재결합을 허락하지만 장군서에게 반드시 과거에 급제하여 돌아오라는 단서를 붙이면서, "우리 집안은 대대로 벼슬 못한 사위를 들이지 않으니, 너는 내일 당장 서울로 과거 보러 떠나거라. 내가 너를 위해 아내를 거두어 줄 터이니 벼슬을 따면 나를 찾아오고 낙방하면 올 필요 없다." 라고 한다. 「서상기」 제4본 제3절은 노부인의 명에 따라 장군서가 과거를 보러 떠나면서 다시 앵앵과의 이별이 시작되는 내용이다.

이 곡에서 작자는 하나도 새로운 내용으로 이야기를 재창조하지 않고 「서상기」 원문의 내용을 가감 없이 전부 그대로 가져왔다. 주권은 『태화정음보』에서 「서상기」를 "꽃 속의 미인 같다. 상세하면서도 완곡한 표현은 문인의 흥취를 깊이 얻었다." 라고 칭송하였다. 특히 장정에서 송별하는 장면에서 작자는 시적인 언어를 운용하여 이별할 때의 처량한 감정을 묘사하면서 앵앵과 장군서의 아쉬워하는 모습을 부각시켜 그 언어의 정교함을 따라갈 사람이 없을 정도이다. 혹자는 아름다운 곡 중에 가장 뛰어난 것으로 단연 왕실보의 「서상기」가 압권이라고 평가하기도 한다. 그래서 관한경 같은 뛰어난 작가도 이렇게 아름다운 문구를 그대로 가져오지 않을 수 없었던 것이다. 여기서는 앵앵의 입장에서 이별의 슬픔을 표현하였다.

여관에서 꿈속의 혼

공명 때문에,
이별을 슬퍼하며,
가련하게 고향만리 바라보며,
홀로 산을 넘고 물을 건넌다.
초나라 양대의 아침 구름과 저녁 비,
버드나무 언덕의 흐릿한 달,
쓸쓸하게 어떻게 오늘밤을 보낼까?
꿈에 혼이 여기를 벗어나네.
사람은 떠나가는데,
떠날 때는 멀었지만,
그 먼 때가 며칠 만에 찾아왔네.

旅館夢魂

爲功名, 傷離別, 可憐見關山萬里, 獨自跋涉. 楚陽臺朝暮雲, 楊
柳岸朦朧月, 冷淸淸怎地捱今夜, 夢魂兒這場抛撇. 人去也, 去時節
遠也, 遠時節幾日來也.

* 몽혼(夢魂): 옛사람들은 사람의 영혼이 꿈꿀 때 육체를 이
  탈한다고 생각하였는데 그것을 몽혼이라 한다.
* 관산(關山): 고향의 산. 고향.
* 발섭(跋涉): 산을 넘고 물을 건넌다.

* 양대(陽臺): 송옥의 「고당부서」에서 나온 말로 흔히 사자성
  어로 사용되는 양대지몽(陽臺之夢)은 조운모우(朝雲暮雨)·
  무산지몽(巫山之夢)과 같은 뜻이다. 여기서 양대란 해가 잘
  비치는 누대라는 뜻인 동시에 은밀히 나누는 사랑을 말한다.
* 조모운(朝暮雲): 조운모우(朝雲暮雨), 아침에는 구름 저녁에
  는 비라는 뜻으로 남녀 간의 굳은 언약이나 정사를 일컫는
  말이다. 초나라 회왕이 고당(高唐)에서 노닐 때, 꿈에 어떤
  여인과 사랑을 나누었는데, 그녀가 떠나면서 아침에는 구름
  이 되고 저녁에는 비가 되어 양대(陽臺) 밑에 항상 머물러
  있겠다고 했다. 꿈을 깨고 나서 양대 쪽을 바라보니 과연 아
  침에는 안개, 저녁에는 구름이 항상 끼어 있었다고 한다.
* 몽롱(朦朧): 달빛이 희미하다. 흐릿하다.
* 냉청청(冷清清): 스산하다. 썰렁하다. 적막하다.

　이 소령은 「서상기」 제4본 제3절의 내용을 기반으로 하고 있
으며, 그 내용은 주로 장군서가 앵앵과 이별하여 과거를 보러
떠나는 장면을 노래한 것이다.
　이 소령의 내용은 「서상기」 원문에서 가져온 것이 많지 않으
며, 대체로 이별한 후에 느끼는 장군서의 외로움과 그리움의
고통을 묘사하였다. 그 중에는 공명 때문에 이별을 슬퍼한다고
한 것처럼 작자의 입장을 표명하여 부귀공명을 경시하는 작품
의 사상 경향을 명확히 한 것도 있다.

기쁘게 집안편지를 받다

도성에서 오랫동안 객거하는데,
무슨 일인지 소식이 뜸하였네.
마음과 눈동자,
옆으로 누운 꾀꼬리.
가을바람 따라 계수나무 가지 꺾어,
이미 청운의 꿈을 이루었네.
그녀의 편지 한 통을 기다렸는데,
오히려 장을 끊는 듯한 시사이네.
서체는 모범이라 할 만하여,
왕헌지와 왕희지처럼 명필이네.

喜得家書

久客在京師, 甚的是閒傳示. 心頭眼底, 橫倘鶯兒. 趁西風折桂枝, 已遂了靑雲志. 盼得他一紙音書, 却是斷腸詩詞. 堪爲字史, 顔筋柳骨, 獻之羲之.

* 심적(甚的): 무엇. 무슨.
* 전시(傳示): 편지. 소식. 전갈.
* 횡당(橫倘): 옆으로 눕다. 倘은 躺과 같다.
* 절계지(折桂枝): 계수나무 가지를 꺾는다는 뜻으로 과거에
  급제함을 이르는 말이다. 『진서(晋書)』「극선전(郤詵傳)」에

서 극선(郤詵)이 자신의 과거 급제를 겸허하게 계수나무숲의 한 가지와 곤산(昆山)의 한 조각 옥에 비유한 데서 유래하였다.

* 자사(字史): 서예의 본보기. 서체의 표준.
* 안륵유골(顔筋柳骨): 안진경(顔眞卿)과 유공권(柳公權)의 근골이란 뜻이다. 안진경과 유공권은 모두 고대서예에서 저명한 해서 사대가이다. 안진경의 근육과 유공권의 뼈대처럼 서체가 힘이 있다는 뜻이다.
* 헌지희지(獻之羲之): 동진시대의 명필 왕헌지(王獻之)와 그의 아버지 왕희지(王羲之)를 일컬음.

이 소령은 「서상기」 제5본 제2절의 내용을 기반으로 하고 있다. 고대에는 교통이 발달하지 않아 나그네가 집을 떠나면 편지 왕래가 매우 어려웠다. 그래서 집안사람들은 장군서처럼 과거보러 가는 유생에게 소식을 전할 방법을 찾느라 고심했던 것이다. 이는 집안에 남아있는 여성들에게 있어서는 그리움과 슬픔을 유발시키는 계기가 되었으며, 이로 인해 규중여인의 원망을 노래한 작품들이 많이 창작되었다. 여인들은 멀리 타향에 있는 연인을 걱정하면서, 한편으로는 그 연인이 자기를 버리고 딴 살림을 차릴까 염려하기도 하였다. 실제로 전기소설 「앵앵전」은 바로 그러한 우려가 현실로 드러난 것이다. 이 소령의 작자는 「서상기」와 마찬가지로 장군서의 진심어린 모습을 집중적으로 묘사하였다.

멀리서 겨울옷을 부쳐오다

장군서를 생각하며,
공연히 수척해져,
편지를 손에 쥐고,
다 쓰기도 전에 정에 사로잡혔네.
쓸 때 눈물로 써서,
옛날을 잊지 말라 부탁하네.
옷을 보내주어 받았는데,
여러 가지 이유가 있네.
이 버선은 문란한 행동을 단속하라는 것이고,
이 적삼은 몸에 달라붙게 입어라는 것이며,
이 배가리개는 마음을 항상 매어두라는 것이라네.

遠寄寒衣

想張郎, 空僝僽, 緘書在手, 寫不盡綢繆. 脩時節和淚脩, 嘱咐休
忘舊. 寄去衣服牢收授, 三般兒都有箇因由. 這襪兒管束你胡行亂
走, 這衫兒穿的着皮肉, 這裹肚常繫在心頭.

* 잔추(僝僽): 수척해지다. 몹시 고민하다. 번민하다.
* 주무(綢繆): 정에 사로잡히다. 벗어나지 못하다. 헤어나지
  못하다.
* 삼반아(三般兒): 여러 가지로. 백방으로.

* 호행난주(胡行亂走,): 어지럽게 마구 행동함.
* 과두(裹肚): 배가리개.

　이 소령은 「서상기」 제5본 제1절의 내용을 기반으로 하고 있다. 도성에 올라간 지 반년이 흘러 장군서는 과거에 장원으로 급제하게 되고 객관에서 머물면서 황제로부터 벼슬을 제수받길 기다리고 있다. 그러나 앵앵이 집에서 오매불망 기다리고 있을 것이 염려되어 편지 한 통을 써서 기쁜 소식을 알린다. 장군서를 떠나보내고 혼자 남아서 소식을 기다리던 앵앵은 반년 동안 아무 소식이 없자 심사가 편치 않아 화장을 하거나 거울 보는 것도 피하고 그리움에 휩싸여 몸도 많이 수척해졌다. 그러던 중 장군서의 편지를 받아 본 앵앵은 너무도 기쁜 나머지 서둘러 답장을 준비하고, 속옷 한 벌, 복대 하나, 버선 한 켤레, 고금 한 개, 옥비녀 하나, 얼룩대 붓 한 자루를 함께 싸서 부친다. 그리고 홍랑에게 그 선물들의 의미를 설명하는 대목이 아주 재미있게 묘사되어 있다.
　「서상기」에서는 멀리서 겨울옷을 부쳐오는 내용은 앞에 있고 기쁘게 집안편지를 받는 내용이 뒤에 있다. 앵앵이 편지와 겨울옷을 부쳐줘야만 장군서가 기쁘게 집안편지를 받아보는 일이 있을 수 있다. 이 소령에서 이렇게 구성한 이유는 장군서의 입장에서 먼저 장군서를 묘사한 다음 다시 앵앵의 깊은 생각을 묘사하려고 했기 때문이다.

부부가 화합하다

풍류를 위해,
인척이 되어,
은정이 원만하고,
부부가 화합하네.
이별의 정을 잊어버리고,
평생의 소원을 이루었네.
정항이 까닭 없이 멋대로 소란을 피워,
공연히 화를 자초하였네.
한 사람은 풍류를 팔 생각이 강했고,
한 사람은 아름다운 자태를 뽐낼 의지가 강했으며,
한 사람은 풍월을 가지고 놀 마음이 강했다네.

夫婦團圓

　爲風流, 成姻眷, 恩情美滿, 夫婦團圓. 却忘了間阻情, 逐了平生
願. 鄭恒枉自胡來纏, 空落得惹禍招愆. 一箇賣風流的志堅, 一箇逞
嬌姿的意堅, 一箇調風月的心堅.

* 정항(鄭恒): 「서상기」 잡극에 등장하는 인물로 장군서의 연
  적이다. 뒤에는 창피하고 화가 나서 나무에 부딪혀 죽었다.
* 왕자(枉自): 공연히. 까닭 없이.
* 자호(自胡): 제멋대로. 마음대로.

* 전(纏): 소란을 피우다. 방해하다.
* 야화초건(惹禍招愆): 재앙을 불러오다. 화를 자초하다.
* 매풍류(賣風流): 아양을 부리며 유혹하다.

이 소령은 「서상기」 제5본 제4절의 내용을 기반으로 하고 있다. 여기에서 장군서는 과거에 장원 급제한 후에 금의환향 하는데 정항이 중간에 나타나서 모함으로 앵앵을 빼앗으려 하였지만 결국 정항은 생각대로 뜻을 이루지 못하여 자결로써 종말을 고하고, 장군서는 위기를 잘 극복하여 앵앵과 원만하게 혼인을 하게 된다.

이 소령에서는 영원토록 이별이 없고 천하에 정 있는 사람들이 인연을 이루길 소망하는 「서상기」의 주제를 노래하였다. 특히 작품 속에 나오는 세 명의 인물을 칭송하였다. 장군서는 생각이 강하고 앵앵은 의지가 강하고 홍랑은 마음이 강하다고 하였다. 이 세 개의 강함 속에 어떠한 하나도 없으면 대단원의 아름다운 결말이 있을 수 없다.

중려 조천자

생각대로 쓰다

검은 귀밑머리,

노을처럼 발그레한 얼굴,

복잡한 심사로 혼수품을 가져가네.

규모는 완전히 대인의 집안이라,

홍랑(紅娘)보다 아래에 있지 않네.

웃는 눈으로 몰래 보며,

문학 이야기를 주고받으니,

진실로 해어화(解語花)같이 예쁘다네.

내가 만약 그녀를 얻는다면,

모두 나를 질투하겠지.

書所見

鬢鴉, 臉霞, 屈殺將陪嫁. 規模全是大人家, 不在紅娘下. 笑眼偷瞧, 文談回話, 眞如解語花. 若咱得他, 倒了蒲萄架.

---

* 중려(中呂): 궁조의 이름으로 주권의 『태화정음보』에서는 "중려궁은 오르내림이 변화무쌍하게 노래한다.(中呂宮唱,

高下閃賺)"라고 하였다.

* 조천자(朝天子): [중려]에 속하는 곡패의 이름이다. 원래는 사패 이름으로 당대 교방곡에서 나왔다. 사에서는 쌍편 46자, 상하 각 4구 4운(측성)이다.
* 빈아(鬢鴉): 검은 귀밑머리. 아(鴉)는 까마귀 색처럼 검다는 의미이다.
* 연하(臉霞): 노을처럼 발그레한 얼굴.
* 굴살(屈殺): 마음이 아주 복잡하다. 원망이 극에 달하다.
* 배가(陪嫁): 혼수품으로 여자가 시집갈 때 가져가는 물건을 말한다.
* 문담(文談): 문장 또는 문학에 관한 이야기.
* 해어화(解語花): 말을 하는 꽃이라는 뜻으로 미인을 이른다.
* 포도(蒲萄): 포도(葡萄)이다. 도료포도가(倒了蒲萄架)는 원곡 중에 상용되는 표현으로 시기질투 한다는 말이다.

이 소령은 신행길에 오른 여인의 아름다운 모습을 보며 쓴 남자의 마음이다. 여인의 아름다운 자태와 우아한 내면세계에 대한 묘사가 뛰어나며, 마지막에서는 만약 자기가 그녀를 취한다면 모두 질투할 것이라고 하여 다소 해학적으로 묘사하여 이채롭다. 전체적으로 구어와 속어의 적절한 운용으로 곡의 본색적 특징이 잘 나타나 있다.

남려 사괴옥

이별의 마음

그이를 보내고 나니,
마음이 서운해요.
한 점의 그리움 언제나 없어질까요.
난간에 기대어 소매로 하얀 버들개지 털어내는데.
계곡이 구불구불하고,
산도 가로막혔는데,
그이는 가버렸네요.

別情

自送別, 心難拾, 一點相思幾時絶. 憑闌袖拂楊花雪. 溪又斜, 山又遮, 人去也.

* 남려(南呂): 궁조의 이름으로 『태화정음보』에서는 "남려궁은 탄식하며 슬프게 노래한다.(南呂宮唱感歎傷悲)"라고 하였다.
* 사괴옥(四塊玉): 남려(南呂)에 상용되는 곡패이며, 형식은 '3·3, 7·7, 3·3·3'의 7구 5운이다. 제1구와 제5구에는

압운을 하지 않고, 제1구와 제2구는 대구를 이루어야 한다.

* 난습(難拾): 떨어지기 어렵다, 서운하다.

이 소령은 여인이 연인을 송별한 이후의 감정을 노래하였는데, 묘사가 매우 자연스럽고 소박하며 조금도 가식이 없다. 작자는 여기에서 층층이 이야기를 전개하는 기법으로 누각에 기댄 여인의 눈길을 가까운 데서 먼 곳으로 좇아가게 하여 헤어지기 아쉬워하는 마음을 자연스럽게 드러내고 있다.

남려 사괴옥

한가하게 자적하며 (4수)
閑適 四首

제1수

마음대로 거닐다가,
편안하게 앉다가.
목마르면 물마시고 배고프면 밥먹고 술취하면 노래하며.
피곤하면 풀밭에 가서 드러눕네.
해와 달은 길고,
하늘과 땅은 넓으니,
이 얼마나 한적하고 즐거운가!

一

　適意行, 安心坐, 渴時飮餒時湌醉時歌, 困來時就向莎茵臥. 日月長, 天地闊, 閑快活.

* 손(湌): 먹다. 저녁밥.
* 사인(莎茵): 자리 같은 풀밭.

이 소령은 관한경의 유유자적한 생활을 노래한 곡이다. 벼슬에 나아가서 자기의 뜻을 펼치는 것은 고대 중국 지식인들의 보편적인 꿈이었다. 그 목적을 달성하기 위해 많은 지식인들은 현실 정치에 참여하여 자신의 인생 가치를 실현하고자 하였다. 그러나 그러한 가치 실현의 출로가 막혀버린 사회에서 원대 산곡작가들은 실의에 찬 마음으로 세상을 향한 탄식의 소리를 발출하였다. 따라서 이 소령도 기본적으로 그러한 정서를 바탕으로 하고 있음을 알 수 있다. 그는 시비가 전도된 사회에서 전원으로 물러나서 여유롭고 한가한 생활을 하며 세상의 명리와 이욕을 멀리함으로써 마음의 자유를 얻고자 하였던 것이다.

제2수

옛 술도 다시 빚고,
새 술도 다시 빚네.
낡은 술동이 옆에서 껄껄 웃으며,
산야의 중과 늙은이 한적하게 시를 읊고 화창하네.
그는 닭을 내오고,
나는 거위를 내오니,
이 얼마나 한적하고 즐거운가!

二

舊酒投, 新醅潑, 老瓦盆邊笑呵呵, 共山僧野叟閒吟和. 他出一對
鷄, 我出一箇鵝, 閒快活.

* 배(醅): 막걸리, 여과하지 않은 술.
* 발(潑): 거듭 빚어 진하게 하다.
* 산승야수(山僧野叟): 본래는 산야의 승려와 늙은이라는 뜻
  인데, 여기서는 산촌에 은거하는 현자를 가리킨다.

  이 소령은 작자가 좋은 친구와 함께 시주를 즐기며 한가하게
보내는 모습을 노래한 곡이다.

제3수

번뇌를 걷어내고,
정욕을 버리고,
세속의 험악한 풍파를 뛰쳐나왔네.
남가일몽을 누가 깨울 수 있겠는가!
명리의 장을 떠나,
안락한 집으로 돌아오니,
이 얼마나 한적하고 즐거운가!

三

意馬收, 心猿鎖, 跳出紅塵惡風波, 槐陰午夢誰驚破. 離了利名場, 鑽入安樂窩, 閒快活!

* 의마(意馬): 의마심원(意馬心猿). 마음이 번뇌와 정욕 때문에 억누를 수 없음을, 날뛰는 말을 그치게 할 수 없고, 떠드는 원숭이를 진정시킬 수 없는 데 비유한 말이다.
* 안락와(安樂窩): 송나라 때 소옹(邵雍)은 자칭 안락선생(安樂先生)이라 하고 자기의 거실을 안락와라 하였다. 후에는 편안하게 쉴 수 있는 조용한 곳을 가리켰다.
* 괴음오몽(槐陰午夢): 회화나무 그늘 아래에서 낮에 꾸는 꿈이라는 뜻으로 남가일몽(南柯一夢) 고사를 가리킨다. 일장춘몽과 같은 뜻이다.

이 소령은 작자가 당시의 혼탁한 명리의 장을 떠나 번뇌와 욕망을 떨쳐내고 은거하여 즐기는 유쾌한 삶을 노래한 곡이다. 이는 원대 지식인들의 마음속 고민을 반영한 것으로 독자로 하여금 당시의 불합리했던 사회상을 짐작할 수 있게 하였다.

작자는 결코 인생에 대해 권태를 느끼고 일시적인 한적과 즐거움을 추구한 것이 아니라 세태의 인정을 많이 겪었기 때문에 세속의 험악한 풍파를 뛰쳐나오려고 했다. 인생에 대한 이러한 태도는 당연히 현실 도피적인 측면이 있지만 몽고족 통치라는 당시의 사회적 현실을 감안한다면 지식인의 어쩔 수 없는 선택이었다고도 할 수 있겠다.

제4수

남쪽 밭에서 농사짓고,
동쪽 산에서 은거한다.
세태의 인정을 많이 겪고서,
한가히 지난 일을 회상해 본다.
어진 자는 그들이고,
어리석은 자는 나이니,
무엇을 다투랴!

四

南畝耕, 東山臥, 世態人情經歷多, 閒將往事思量過. 賢的是他,
愚的是我, 爭甚么.

* 남무경(南畝耕): 농토를 가리킨다.
* 동산와(東山臥): 사안(謝安)이 동산(東山)에서 은거한 고사
  이다. 동산고와(東山高臥)는 고결한 선비의 은거생활을 형용
  한다.

　앞의 제3수가 귀은하기 전에 세속을 뛰쳐나올 결심을 묘사하
였다면, 이 소령은 귀은한 후의 지난 일에 대한 회상을 노래한
것이다. 마음속에 일어나는 모든 번뇌를 지워버리고 세속의 험
악한 풍파를 뛰쳐나와 현실에 만족하면서 자적하는 작자의 형

상에서 은자의 초연함을 읽을 수 있다.

은일이 산생하게 된 가장 원시적인 동기가 난세에 태어나서 구차하게 목숨을 연명하는 데 있다고 한다면, 몽고족의 갖은 압박 통치를 받은 원대라는 시대적 배경 하에서 민족 대은일의 기풍이 흥성하였다는 것은 조금도 이상하지 않다. 따라서 많은 원대의 산곡가들은 혼탁한 세상을 피하여 은거생활을 즐긴 고대의 은사들을 동경하며 그들과 같은 생활을 몸소 실천하게 되었으니, 그들의 작품에 이러한 사상이 반영되어 나타나는 것 또한 지극히 당연한 일이다.

이상의 「한가하게 자적하며」 4수에서 은거생활의 즐거움을 노래한 것만으로 본다면 작자가 만년에 은거하여 세상에 나오지 않았을 것이리라는 추측도 가능하다. 그러나 그가 만년에 지은 또 다른 작품 「한경, 늙음에 불복하다(漢卿不伏老)」 투수에 나타난 현실적인 삶과 비교해 보면 그가 장기간 은거했으리라고 보기는 어렵다. 만약 은거를 했다면 풍류낭자(風流浪子)로서의 길을 걸어가는 여정에 은거가 잠시 거쳐 가는 생활이었을 가능성이 크다고 하겠다.

쌍조 침취동풍

(제목 없음 5수)

제1수

지척에 있다가 남북으로 떨어지니,
삽시간에 달은 이지러지고 꽃은 날리네,
손으로 전별(餞別)의 술잔 드니,
눈에는 이별의 눈물 고이네.
막 몸조심하며 잘 지내라는 말 마치니,
매우 비통하여 슬픔을 억누를 수 없누나.
잘 가세요, 앞길이 양양하시길 바랍니다.

一

咫尺的天南地北，霎時間月缺花飛．手執着餞行盃，眼閣着別離淚．剛道得聲保重將息，痛煞煞教人舍不得．好去者望前程萬里．

* 월결화비(月缺花飛) : 가까운 사람과 이별함을 비유한다. 이
  와 반대의 뜻은 화호월원(花好月圓)이라 한다.
* 전(餞) : 전송(餞送). 전별(餞別). 떠나는 사람에게 주연을

베풀거나 선물을 주어 송별하다.

* 장식(將息): 몸을 조리하다 또는 휴식하다는 의미이다.
* 사불득(舍不得): 아쉽다. 서운하다. 섭섭하다.
* 전정만리(前程萬里): 앞길이 양양하다. 전도양양하다

이 소령은 사랑하는 사람을 송별하는 여인의 심리상태를 묘사한 곡이다. 지척(咫尺)은 매우 가까운 거리이고 천남지북(天南之北)은 매우 먼 거리를 나타내는데, 작자는 이 공간적 거리의 대비로부터 이별의 고통을 끌어내었다. 월결화비(月缺花飛)는 화호월원(花好月圓)의 반대 의미로서 가까운 사람과의 이별을 비유한 것이다. 남녀가 서로 만나 사랑의 정을 나눌 때는 꽃이나 달 같은 자연경물이 당연히 아름답게 보이겠지만, 막상 이별을 눈앞에 둔 상황에서는 그러한 것들이 결코 아름답게 보일 리 없다. 계속하여 작자는 시간의 선후에 따라 전개되는 이별의 전 과정을 묘사하였는데, 내용과 구사한 언어가 지극히 통속적이면서도 이별을 비통해 하는 마음과 낭군의 장래를 축원하는 애틋한 심정이 매우 잘 나타나있다.

제2수

근심이고 근심이네 난새와 봉황의 이별,
수심이고 수심이네 달과 꽃의 삭고 시듦.
위하고 위하네 원수 같은 내 사랑,
병이고 병이네 누가 습관되게 하였나,
야위고 야위었네 지금 같은 적은 없었다.
한이고 한이네 외로운 휘장의 싸늘한 이불,
두렵고 두렵네 황혼이 저물어가니.

二

憂則憂鸞孤鳳單, 愁則愁月缺花殘. 爲則爲俏寃家, 害則害誰曾慣, 瘦則瘦不似今番. 恨則恨孤幃繡衾寒, 怕則怕黃昏到晚.

* 난고봉단(鸞孤鳳單): 난새와 봉황은 부부를 비유하는 말로 사용된다. 여기서 난고봉단은 부부의 이별을 의미한다.
* 해(害): 병(病)과 같은 뜻이다.

이 소령은 여인이 연인을 송별한 후의 처량하고 고독한 심정을 노래한 곡이다. 여인의 깊은 사랑의 정이 은은하게 배여 있고 그리움이 가득 넘치는 어투의 대비가 특징이다.

제3수

밤에 달을 짝한 은쟁(銀箏) 소리에 한가로운 봉황,
따스한 봄바람에 수놓은 이불은 언제나 근심스럽네.
소식이 끊기고,
편지가 단절되어,
말안장에 올라 첩첩이 가로놓인 산과 물을 바라보네.
그리움에 대한 본전과 이자를 돌려주지 않으면,
수심과 눈물에 대한 빚을 독촉하겠다고 말하리라.

三
伴夜月銀箏鳳閑, 暖東風繡被常慳. 信沉了魚, 書絶了雁, 盼雕鞍
萬水千山. 本利對相思若不還, 則告與那能索債愁眉淚眼.

* 간(慳): 인색하다. 아끼다.
* 만수천산(萬水千山): 첩첩이 가로놓인 산과 물. 앞길이 험하
  고 곤란하다.
* 색채(索債): 빚을 재촉하다. 빚을 내라고 조르다.

이 소령은 낭군을 떠나보내고 그리워하는 여인의 마음을 노
래한 곡으로 구어와 해학적인 비유가 절묘하게 어우러져 있다.

제4수

달 밝은 밤 청루의 피리소리,
봄바람에 윤기 있는 머리의 금비녀.
비구름 짙은데,
마음은 착하고,
아름다운 얼굴은 부드럽고 향기롭네.
여섯 폭 치마에 한 줌의 허리
이별로 매우 수척해졌네.

四

夜月青樓鳳簫, 春風翠髻金翹. 雨雲濃, 心腸俏, 俊龐兒玉軟香
嬌. 六幅湘裙一搦腰, 間別來十分瘦了.

* 봉소(鳳簫): 대나무로 된 관악기로 퉁소의 한 종류이다. 관
  이 봉황의 날개처럼 좌우로 대칭되어 있고 음이 봉황의 소
  리 같다고 해서 봉소라 했다.
* 취계(翠髻): 윤이 나고 아름다운 검은 쪽머리.
* 금교(金翹): 여인의 머리장식.
* 방아(龐兒): 얼굴의 윤곽. 얼굴의 형상.
* 옥연향교(玉軟香嬌): 향기롭고 부드러운 여인의 피부를 형
  용한 말이다.
* 상군(湘裙): 여자의 치마.

* 청루(靑樓): 기원(妓院). 기루.

　　이 소령은 이별로 인해 수척해진 여인의 수심에 찬 자태를 노래한 곡이다. 첫 구에서 청루의 봉소(鳳簫) 소리로써 여인의 마음을 청각적으로 표현하였는데, 봉소는 통소와 같은 악기의 하나이지만 중의적인 의미로 봉녀(鳳女)인 농옥을 뜻하는 말이기도 하다. 농옥은 진(秦)나라 목공의 딸로 소사(蕭史)와 함께 봉대(鳳臺)에 살면서 통소로 봉황소리 내는 법을 배우다가 서로 사랑이 싹터 부부의 연을 이루었으며, 어느 날 그 두 사람은 봉황을 따라 하늘로 올라갔다고 한다. 따라서 이 곡에는 그러한 농옥과 소사의 통소 소리를 빌려 두 사람과 같은 달콤한 사랑을 성취하고 싶은 여주인공의 소망이 반영되어 있다고 하겠다.

제5수

얼굴은 말하는 꽃처럼 아름답고,
눈썹은 버들잎처럼 길고 성글다네.
비와 구름을 생각해보면,
아침에 나갔다가 저녁에 돌아오지만,
입만 열면 긴 한숨뿐이네.
종이 연을 그 사람에게 주지 말까,
마음속으로 허락할까 모르겠네.

五

面比花枝解語, 眉橫柳葉長疎. 想着雨和雲, 朝還暮, 但開口只是長吁. 紙鷂兒休將人廝應付, 肯不肯懷兒裏便許.

* 해어화(解語花): 말을 하는 꽃이란 뜻으로 미인을 이른다.
* 지요(紙鷂): 연. 요(鷂)는 새매(매의 일종)이다.
* 응부(應付): 주다. 일을 대충 처리하다.
* 인시(人廝): 원래는 남자 하인을 뜻하는 말이었으나, 송·원대 이후 소설에서 사람(특히 남자)을 지칭하는 말로 자주 사용되는 북방 방언이다. 약간 상대방은 낮추어서 하는 말이다.

이 소령은 아름다운 여인을 보고 사랑을 느껴 고백하고 싶지만 그녀가 허락해줄지 어떨지 몰라 초조해하는 남자의 마음을 노래한 것이다. 첫 구에서 해어화(解語花)는 원래 말을 하는 꽃이란 뜻으로 현종과 양귀비의 고사에서 나온 말이다. 그녀의 외모가 양귀비에 버금갈 정도로 아름답다는 뜻이 함유되어 있다.

그 다음 제3-4구에서 비와 구름을 생각해보면 아침에 나갔다 저녁에 돌아온다고 한 것은 송옥의 「고당부서」에 나오는 무산신녀의 운우(雲雨)에 관한 고사이다. 무산신녀는 초나라 회왕을 만나 운우의 정을 나눈 다음 "아침에는 떠가는 구름이 되었다가 저녁이면 지나가는 비가 되겠습니다.(旦爲朝雲, 暮爲行雨)"라고 하였다.

따라서 이 구에는 남자 주인공이 그녀와 운우의 정을 나누고 싶은 간절한 소망이 내재되어 있다고 하겠다. 그러나 정작 그는 말도 꺼내지 못하고 긴 한숨만 내쉬며 이러지도 저러지도 못할 뿐이다. 사랑하는 여인을 눈앞에 두고도 고백도 제대로 못하는 소심한 남자의 어정쩡한 마음이 잘 표현되어 있다.

쌍조 대덕가

(4수)

봄

두견새 울음소리,

돌아가는 것만 못하다 하는데,

봄은 돌아왔건만 사람은 돌아오지 않네.

며칠 동안 초췌함만 더해지고,

하늘하늘 버들개지 바람에 나부낀다.

봄날에 소식전하는 편지도 없고,

한 쌍의 제비 진흙 물어 오는 것만 보이네.

春

子規啼, 不如歸, 道是春歸人未歸. 幾日添憔悴, 虛飄飄柳絮飛.
一春魚雁無消息, 則見雙燕鬪銜泥.

* 대덕가(大德歌): [쌍조]에 속하는 곡패의 이름이다. 수수삼
  의 『전원산곡』에는 단지 관한경의 <대덕가> 10수만 수록되
  어 있으니 관한경이 직접 작곡한 곡패라 할 수 있다. 대덕은

원나라 성종의 연호(1297-1308)이다. 일반적으로 관한경의 <대덕가> 10수는 대덕 초년에 쓴 것으로 생각한다. 형식은 '3·3·5·5·5·7(또는 5)·5'의 7구 7운으로 소령에만 사용된다.

* 자규(子規): 두견새.
* 도시(道是): 바로 … 이다.
* 허표표(虛飄飄): 들뜬 모양을 형용한다. 가볍게.
* 즉견(則見): 지견(只見).

이 소령은 두견새 울음소리, 날리는 버들개지, 진흙을 물어오는 제비 등과 같은 봄날의 일상적인 정경을 선택하여 낭군을 기다리는 여인의 수심을 부각시켰다. 특히 마지막 구에서는 백거이의 시구를 차용하여 다정하게 진흙을 물어오는 한 쌍의 제비를 보며 독수공방하는 여인의 신세를 더욱 처량하게 느끼도록 하였다.

혹자는 이 곡을 만춘의 계절에 두견새 울음소리를 듣고 일어난 고향생각을 노래한 곡으로 만년의 유랑생활이 반영되어 있다고도 하는데, 이 곡의 전반적인 분위기와 나머지 세 곡들의 주제를 함께 놓고 읽어보면 사향(思鄕)과는 다소 거리가 있는 듯하다.

여름

원수 같은 내 사랑,
하늘가에 있네,
그곳 푸른 버들에 말을 매어 두었겠지.
지친 듯 남쪽 창 아래에 앉아,
누누이 청풍을 마주하며 그이를 생각한다.
눈썹이 연해져도 누구에게 그려 달라 할까?
너무 수척하여 석류화 달기가 부끄럽네.

夏

俏寃家, 在天涯, 偏那裏綠楊堪繫馬. 困坐南窓下, 數對淸風想念
他. 蛾眉淡了敎誰畫, 瘦岩岩羞帶石榴花.

* 편(偏): 뜻밖에, 단지.
* 수암암(瘦岩岩): 매우 여윈 모양.

이 소령에서는 푸른 버들(綠楊)·석류화 등 여름의 대표적인
경물로써 계절을 나타내고 다시 정을 기탁하여 임 그리는 여인
의 여름날 수심을 노래하였다.

이 곡은 앞의 「봄」 보다 인물묘사에 더욱더 치중하여 규중여인의 그리움의 정을 원망어린 어조를 빌어 적극적으로 나타내었다. 특히 마지막 부분에서 "눈썹이 연해져도 누구에게 그려 달라 할까?"라고 하여 독자들에게 창장화미(張敞畫眉) 고사를 떠올리게 한다.

『한서』「장창전(張敞傳)」에 의하면 한나라 선제(宣帝) 때 경조윤 장창은 항상 그의 아내에게 눈썹을 그려주었다. 이 일이 밖에 알려져 탄핵을 받았을 때 선제가 그 연유를 물어보자 그는 규방 안의 일이라면 눈썹을 그리는 것보다 더한 일도 있다고 대답하여 황제가 책망하지 못했다고 한다. 이에 후세 사람들은 장창화미(張敞畫眉)로써 부부간의 사랑이 깊음을 표시하였다.

가을

바람은 살랑살랑 불고,
비는 쏴아쏴아 내린다.
백일 간 잠잤다는 진단(陳摶)도 못자리라.
번민하고 상심하여,
주룩주룩 눈물방울 떨어지네.
매미 울음 그치자 귀뚜라미 이어 울고,
부슬부슬 가랑비 파초 잎을 두드리네.

秋

風飄飄, 雨瀟瀟, 便倣陳摶睡不着. 懊惱傷懷抱, 撲簌簌淚點抛.
秋蟬兒噪罷寒蛩兒叫, 淅零零細雨打芭蕉.

* 진단(陳摶, 871-989): 북송시기의 역학자이자 도사(道士)
이다. 935년에는 무당산 구석암에 들어가서 은거하였고,
947년에는 마의도자(麻衣道者)와 더불어 화산대관(華山台
觀)에 은거하여 수도했다. 그가 무당산에서 수도할 때는 20
여 년간 곡기를 끊고 매일 술만 몇 잔씩 먹었으며, 화산에서
수도할 때는 한번 잠을 잘 때마다 100여 일 동안 깨어나지
않았다고 한다.
* 오뇌(懊惱): 뉘우치며 한탄하고 번민하다. 한의학에서는 가
슴이 몹시 답답하고 괴로워 못 견디는 병을 의미한다.

* 박속속(撲簌簌): 눈물이 뚝뚝 떨어지는 모양.
* 석령령(淅零零): 비·바람·나뭇잎이 떨어지는 소리.

이 소령은 비바람 부는 쓸쓸한 가을밤에 혼자서 잠을 이루지 못하는 여인의 심란한 마음을 노래한 곡이다. 여기서는 표현 기교면에서 특히 의성어를 많이 사용하여 가을바람·가을비·가을매미·귀뚜라미 등 각종 가을을 상징하는 경물들의 소리로써 외로운 여인의 쓸쓸하고 처량한 마음을 부각시켰다. 그리고 북송시대의 도사 진단(陳搏)의 고사를 빌려 긴긴 밤에 잠 못 들어 하는 여인의 괴로운 심정을 더욱 잘 나타내었다.

겨울

눈은 부슬부슬 내리는데,
이중문을 살며시 닫는다.
슬픔에 젖어 정신이 나가,
수척하여 매화의 운치를 잃어버렸네.
맑은 강가의 강상촌(江上村)은 어디인가?
규방은 쓸쓸하니 누가 거들떠보랴?
정말 초췌해져 난간에 기대어 임 기다리는 사람을.

冬

雪紛紛, 掩重門, 不由人不斷魂, 瘦損江梅韻. 那裏是淸江江上
村, 香閨裏冷落誰瞅問, 好一箇憔悴的憑闌人.

* 단혼(斷魂): 정신이 나가다. 혼이 나가다.
* 수손(瘦損): 여위고 수척하다.
* 추문(瞅問): 아랑곳하다. 거들떠보다.

이 소령은 남편을 그리워하는 규중여인의 애틋한 마음을 노
래한 곡이다. 여기에서 작자는 눈이 부슬부슬 내릴 때에 이중
문을 닫는 것으로써 겨울의 계절적 특징을 암시하고, 매비(梅

妃)의 고사로써 먼 길 떠난 남편을 그리워하는 여인의 근심을 묘사하였다. 특히 마지막 구에서는 폭설이 펑펑 쏟아지는 추운 날씨에도 불구하고 난간에 기대어 돌아오길 기다리는 여인의 초췌한 모습을 매우 형상적으로 묘사하였다.

이상에서 사계절을 노래한 소령 4수는 모두 경물을 빌려 감정을 서사하는 수법으로 규정(閨情)을 묘사한 것이 두드러진 특징이다. 이런 점에서 이 네 수의 소령은 그 제목을 사계절 규중여인의 마음(四時閨情)이라고 해도 될 것이다. 전체적으로는 계절적 특징이 풍부한 경물들을 포착하여 전아하면서도 통속적인 언어를 사용하여 규중여인의 끊이지 않는 그리움의 정을 생생하게 표현하였다.

쌍조 대덕가

(제목 없음 6수)

제1수

하얀 담 나지막이,
경치는 쓸쓸하여,
마침 서상(西廂)에 달 떠오를 때.
고금(古琴)의 속뜻을 얻을 수 있으니,
나는 규방안의 종자기(鍾子期)라.
장군서(張君瑞)를 은근히 생각나게 하여,
사랑스런 달밤에 일찍 잠들지 못하겠지.

一

粉牆低, 景凄凄, 正是那西廂月上時. 會得琴中意, 我是箇香閨裏
鍾子期. 好敎人暗想張君瑞, 敢則是愛月夜眠遲.

* 종자기(鍾子期): 춘추시대 초나라 사람으로 이름은 휘(徽),
  자는 자기(子期)이다. 나무꾼이었던 그는 음률에 정통해 당
  시 고금(古琴)의 명수인 백아(伯牙)의 연주 소리를 가장 잘

알아들었다고 한다. 그래서 자기의 음악을 가장 잘 이해해주
는 사람, 나아가서 자기를 가장 잘 알아주는 사람을 지음(知
音)이라 하였다.

* 감칙시(敢則是): 아마도 … 일 것이다.
* 장군서(張君瑞): 당나라 원진의 전기소설 「앵앵전」에 등장
 하는 남자 주인공 이름이다. 이름은 장생(張生), 자가 군서
 이다. 원대 왕실보의 잡극 「서상기」에서는 장공(張珙)이란
 이름으로 등장하여 여주인공 최앵앵(崔鶯鶯)과의 러브스토
 리를 이어간다.

이 소령은 왕실보의 「서상기」 제2본에 나오는 장군서와 최앵
앵의 배월청금(拜月聽琴) 장면을 노래한 것이다. 홍랑의 주선
으로 장군서는 사마상여가 탁문군(卓文君)을 유혹할 때 연주했
다는 <봉구황(鳳求凰)>을 연주하게 되고 앵앵은 창 밖에서 그
의 금곡(琴曲)을 듣게 된다. 장군서의 연주가 끝나자 앵앵은
"바로 다른 사람에게 똑똑히 듣게 하여, 자기의 속마음을 호
소하였네. 그 음을 이해하는 이는 내심 그 뜻을 알게 되고, 감
동을 받은 이는 애끊듯이 비통해 하리.(這的是令他人耳聰, 訴自
己情衷. 知音者芳心自懂, 感懷者斷腸悲痛.)"라고 하며 더욱 장
군서를 그리워하게 되는데, 관한경의 이 소령은 바로 「서상기」
중의 이 부분을 노래한 것이다. 몇 자 밖에 안 되는 짧은 곡
속에 앵앵의 복잡한 마음이 함축적으로 아주 잘 표현되어 있
다.

제2수

푸른 버드나무 둑,
화려한 유람선,
순풍에 돛달고 물위를 따라가네.
풍괴(馮魁)는 얼근하게 술 취하여,
어찌 금산사(金山寺) 벽의 시를 생각했으랴!
깨어나니 예쁜 얼굴 보이지 않아,
쓸쓸히 빈 배에 명월만 싣고 돌아갔네.

二

　綠楊堤, 畫船兒, 正撞着一帆風趕上水. 馮魁吃的醺醺醉, 怎想着
金山寺壁上詩. 醒來不見多姝麗, 冷淸淸空載月明歸.

* 풍괴(馮魁): 쌍점(雙漸)과 소경(蘇小卿)의 고사에 등장하는
  차 장사꾼의 이름이다. 그는 쌍점이 과거 보러가서 오랫동안
  돌아오지 않은 틈을 타서 기생어미를 매수하여 소소경을 속
  여 배에 오르게 하고 함께 강서(江西)로 떠났다
* 훈훈(醺醺): 술이 얼근히 취해 기분이 좋은 모양. 얼근하다.
  거나하다.
* 금산사(金山寺): 지금의 진강(鎭江) 경내에 있다. 소소경은
  풍괴에게 속은 것을 깨닫고 풍괴가 술에 취한 것을 틈타 금
  산사 벽에 시를 적어두었다. 마침 쌍점은 과거에 합격하여

　　남으로 돌아와 시를 보고 배를 타고 쫓아가 마침내 소소경
　과 부부의 연을 맺었다
　* 냉청청(冷清清): 아주 조용하다. 아주 쓸쓸하다.

　　이 소령은 당시에 널리 유행하던 쌍점과 소소경의 사랑이야
기를 노래한 곡이다. 북송 시대의 명기 소소경은 서생 쌍점과
서로 사랑하였는데, 쌍점이 과거보러 떠난 지 오래되어도 돌아
오지 않자 기생어미가 강서(江西)의 차 장사꾼 풍괴에게 은자
를 받고 그녀를 팔게 된다. 쌍점은 과거급제 한 후 소소경을
찾아왔지만, 그녀가 풍괴에게 팔려 간 것을 알고 곧장 배를 타
고 뒤쫓아 간다. 이때 소소경은 풍괴가 술에 취한 것을 틈타
금산사 벽에 시를 적어 두었다. 마침 쌍점은 금산사에 이르러
그녀의 시를 보고 밤새 천리를 달려 임안(臨安, 지금의 항주)
에 이르러 그녀를 찾아 부부가 된다는 것이 이 고사의 줄거리
이다.
　　여기서는 이러한 고사의 내용을 바탕으로 하여 풍괴가 결국
소소경을 얻는데 실패한 부분을 노래하였다. [쌍조] <벽옥소>
제1수(黃召風虔)에서도 이 고사를 제재로 하였는데, 이 소령에
서는 쌍점의 첫 기둥서방이라 할 수 있는 황조(黃肇)가 소소경
이 살던 여춘원(麗春園)을 뒤엎은 일에서부터 쌍점과 소소경이
결혼하기까지의 고사 내용을 개괄적으로 묘사하였다.

제3수

정원화(鄭元和)가 빈털터리가 되자,
넌 돈이 없는데 어떻게 하겠냐고 하네.
가져온 집안 재산도 다 탕진하여,
누가 너를 동령(銅鈴)을 흔들고 만가를 부르게 하였나?
두들겨 맞고 이와의 집 앞을 지나가는데,
마침 동정의 눈물이 많이 흘러내리네.

三

　鄭元和, 受寂寞, 道是你無錢怎奈何. 哥哥家緣破, 誰着你搖銅鈴
唱挽歌. 因打亞仙門前過, 恰便是司馬淚痕多.

* 정원화(鄭元和): 당대 백행간(自行簡)의 소설 「이와전(李娃
傳)」에 등장하는 남자 주인공이다. 그는 창녀 이와(李娃)를
사랑하여 재산을 탕진하고 기생어미에게 쫓겨나서 상여꾼과
거지로 전락하였다. 그의 아버지는 그가 가풍을 훼손시켰다
고 하여 죽도록 심하게 매질하였다. 후에 이와에게 구출되어
과거에 급제하고 그녀와 부부가 되었다.
* 가연(家緣): 집안의 재산.
* 아선(亞仙): 이와의 이름이다. 송·원대에 이르러 이와를 아
선이라 부르기 시작했다.
* 사마루흔(司馬淚痕): 동정의 눈물을 가리킨다. 당대 시인 백

거이는 심양강에서 손님을 전송하면서 한 가녀(歌女)의 비
파 연주소리와 슬픈 과거사를 듣고 그녀의 불행한 인생에
동정의 눈물을 흘렸다.

이 소령은 당대 백행간의 전기소설 「이와전」의 이야기를 제
재로 하였다. 정원화는 이와의 기생집에서 쫓겨나 상여꾼으로
전락하고 이에 그의 아버지에게 심하게 매를 맞은 후 다시 이
와의 집 앞을 지나가게 되었는데 이를 본 이와가 그에게 동정
의 눈물을 흘리며 구해주는 부분을 노래하였다.

제4수

사가촌에서,
아름다운 봄을 감상하는데,
이상하게도 복숭아꽃이 차갑게 웃네.
누구에게 꽃소식을 전하러 갔을까?
애써 시를 짓느라 정신이 나갔네.
꽃그늘 아래서 기다려도 묻는 사람 없고,
사립문에서 누른 개 짖는 소리만 들리네.

四

謝家村, 賞芳春, 疑怪他桃花冷笑人. 着誰傳芳信, 强題詩也斷
魂. 花陰下等待無人問, 則聽得黃犬吠柴門.

* 사가촌(謝家村): 여자가 사는 곳을 가리킨다.
* 착수(着誰): 착(着)은 사람을 보내다는 뜻이다.

　이 소령은 당대 시인 최호(崔護)의 인면도화(人面桃花) 고사
를 제재로 하였다. 최호는 과거에 응시하러 장안에 갔다가 청
명절에 홀로 장안성의 남쪽에서 노닐었다. 이때 마침 복숭아꽃
이 만발하게 핀 집을 보고 목이 마르던 차에 문을 두드렸다.

그러자 아름다운 여인이 문을 열고 나와서 물을 주는 것이었
다. 첫눈에 반해버린 최호는 두 눈으로 그녀를 쳐다보다가 한
없는 연모의 정을 느꼈다. 그 이듬해 청명절에 최호는 다시 옛
날에 갔던 길을 따라 갔는데 복숭아꽃은 여전히 만발하게 피어
있었지만 문이 굳게 잠겨있었다. 문에 시를 적어두고 돌아오게
되었는데 여기서는 바로 이 부분을 노래하였다. 아쉬움을 이기
지 못한 최호는 붓을 들어 「제도성남장(題都城南庄)」이란 시를
문에 적어놓고 왔다.

　지난해 오늘 이 문 안에서는,
　얼굴과 복숭아꽃이 서로 붉게 비쳤네.
　얼굴은 간 곳을 모르겠건만,
　복숭아꽃은 그때처럼 봄바람에 웃고 있구나.
　(去年今日此門中, 人面桃花相映紅. 人面不知何處去, 桃花依舊
笑春風)

　밖에 나갔다가 돌아와서 대문에 적힌 시를 본 여인은 외출한
것을 후회하며 상사병에 걸려 밥도 안 먹다가 죽었다. 며칠이
지난 후 최호가 다시 와서 문을 두드리니 한 노인이 나와서 말
하기를 "내 딸아이가 대문에 적힌 시를 보고 병이 들어 죽었으
니 시신은 집안에 있소이다."라고 하였다. 최호가 집안으로 들
어가서 여인의 시신 앞에서 대성통곡을 하며 "나 최호가 왔습
니다!"라고 하자 그 여인은 다시 살아나서 두 사람은 부부의
연을 맺고 백년해로 했다고 한다. 후세 사람들은 이 시 속에
나오는 인면도화(人面桃花), 즉 복숭아꽃처럼 아름다운 얼굴로
써 아름다운 여인을 비유하였다.

제5수

흩날리는 눈송이,
춤추는 배꽃 같아라.
안개에 싸인 희미한 마을에 집도 보이지 않네.
펑펑 쏟아지는 눈은 그림으로 그리기 좋고,
성긴 숲에서 우는 황혼의 까마귀를 바라본다.
누런 갈대는 맑은 강물을 가리고 있는데,
고기잡이배를 비스듬히 매는구나.

五

雪粉華, 舞梨花, 再不見煙村四五家. 密灑堪圖畫, 看疎林噪晚
鴉. 黃蘆掩映淸江下, 斜纜着釣魚艖.

* 연촌(煙村): 멀리 안개에 자욱이 가려 있는 마을.
* 엄영(掩映): 막아 가림. 그늘지게 하다.

　이 소령은 겨울철 황혼 무렵 어촌의 설경이다. 하얀 눈이 펑
펑 쏟아지는 날 마을의 인가도 잘 보이지 않을 정도이다. 성긴
숲 사이로 황혼의 까마귀 날아들고, 갈대 숲 너머로 매여 있는
고기잡이배가 보인다. 정말 한 폭의 아름다운 겨울 풍경화이다.

제6수

피리 불고,
비파 타며,
새로 지은 대덕가를 노래한다.
즐거워라 아무 것도 안 하니,
인생살이 얼마던가?
아주 담담하게 되는대로 살아가며,
소요할 곳 찾아 소요하세.

六

吹一箇, 彈一箇, 唱新行大德歌. 快活休張羅, 想人生能幾何. 十
分淡薄隨緣過, 得磨陀處且磨陀.

* 장라(張羅): 일을 처리하다. 계획하다. 힘써 구하다.
* 수연과(隨緣過): 자기의 의견을 고집하지 않고 환경에 순응
  하며 현실에 안주함을 이른다.
* 마타(磨陀): 세월을 보내다. 소요자적하다.

이 소령은 짧은 인생살이에 세속의 욕망을 버리고 음악과 함
께 소요자적의 즐거움을 추구하는 것을 노래한 곡이다.

쌍조 벽옥소

(제목 없음 10수)

제1수

황조는 멍청하여,
여춘원을 뒤덮었고.
풍괴는 인색하여,
차 파는 배를 몰았다.
금산사에서 심사를 전하자,
예장성에서 서로 만났다네.
소소경은 현명하여,
쌍점에게 시집갔네.
하늘은,
그를 일러 풍류의 소망을 이루었다 하리라.

一

黃召風虔, 蓋下麗春園. 員外心堅, 使了販茶船. 金山寺心事傳,
豫章城人月圓. 蘇氏賢, 嫁了雙知縣. 天, 稱了他風流願.

* 벽옥소(碧玉簫): [쌍조]에 속하는 곡패의 이름이다. 형식은
  '4·5, 4·5, 3·5, 3·3, 1·5'으로 9구 9운이다.
* 황소(黄召): 당연히 황조(黃肇)라 해야 한다. 원대의 쌍점과
  소소경의 사랑이야기에 나오는 인물이다.
* 여춘원(麗春園): '麗春院'이라고도 쓴다. 소소경이 살던 곳
  인데, 송원희곡에서는 항상 기원의 대칭으로 사용된다.
* 원외(員外): 육조시대 이래로 관직에 원외랑(員外郎)이란
  직책이 있었다. 원외는 본래 정원 외의 관원을 가리키는데
  돈으로 살 수 있었기 때문에 송원 때는 이를 빌려 돈 있는
  권력가를 지칭하게 되었다. 여기서는 차 장사꾼 풍괴(馮魁)
  를 가리킨다.
* 예장성(豫章城): 지금의 강서성 남창시에 있다. 고사에서 쌍
  점과 소소경은 예장성에서 서로 만났다.

이 소령은 쌍점과 소소경의 사랑이야기를 노래한 것인데, 앞
의 [쌍조] <대덕가> 제2수(綠楊堤)도 이 고사를 바탕으로 하
고 있다. 그러나 다른 점은 이 곡에서는 황조(黃肇)에 관한 이
야기가 나온다는 점이다. 『악부군옥』 권2에 실려 있는 왕엽(王
曄)의 「쌍점소경문답」 16수 중 제1수가 바로 「황조퇴장(黃肇
退狀)」이고, 제11수가 「문황조」이다.

제2수

돌아가는 봄을 두렵게 바라보니,
가지위의 버들개지 바람에 날리네.
조용히 규방의 문을 닫아도,
주렴 밖에는 꾀꼬리 울음소리.
하늘가의 임 소식 드물어 한스러운데,
낭군의 비취 이불은 알기를 꿈꾸네.
옷은 느슨해져,
한 줌의 가는 허리.
멍청하게 기다리다보니,
암암리에 초췌함만 더해졌네.

二

怕見春歸, 枝上柳綿飛. 靜掩香閨, 簾外曉鶯啼. 恨天涯錦字稀,
夢才郞翠被知. 寬盡衣, 一搦腰肢細. 癡, 暗暗的添憔悴.

* 향규(香閨): 젊은 여인의 방으로 어떤 때는 젊은 여인을 가
  리키기도 한다.
* 금자(錦字): 비단에 수놓은 글씨라는 뜻이다.

이 소령은 멀리 있는 사람을 그리워하는 규중여인의 심정을
노래한 곡이다.

전진(前秦) 시기에 진주자사(秦州刺史) 두도(竇滔)는 부견의
신하에게 죄를 지어 유사현으로 추방되었다. 그의 아내 소혜는
비단에 840글자를 수놓아 남편에 대한 그녀의 그리움과 관심
을 전달하였다. 후에 금자서(錦字書) 등으로 전진 소혜가 남편
에게 비단에 써서 부친 시를 가리켰고, 금자(錦字)로써 아내가
남편에게 부치는 편지를 뜻하게 되었다.

제3수

돌아올 날 간절히 바라며,
금비녀로 담장에 그어보네.
한 줌의 가는 허리,
빛바랜 비단 옷은 느슨해졌네.
그가 무슨 병에 걸렸는지 아는가?
정말 다른 사람은 알지 못하리.
입에 음식을 넣어도,
갑자기 이렇게 맛이 없네.
병을 치료해도,
조리하기가 더욱더 어려워라.

三

盼斷歸期, 劃損短金篦. 一搦腰圍, 寬褪素羅衣. 知他是甚病疾, 好教人没理會, 揀口兒食, 陡恁的無滋味. 醫, 越恁的難調理.

* 금비(金篦): '金鎞'라고도 쓴다. 금비녀. 원곡에는 여자가 금비녀를 담장에 그어 날을 헤아리는 것이 상견된다.
* 자미(滋味): 좋은 맛, 맛있는 음식.
* 두임적(陡恁的): 갑자기 이렇게.

이 소령은 규중여인의 이별의 근심과 돌아오기를 바라는 마음을 묘사하였다. 너무도 그리워한 나머지 상사병에 걸려 식욕도 잃고 아무 일도 못해 몸은 바싹 야위었다. 집안에서 오로지 낭군만 돌아오길 기다리는 여인의 애틋한 사랑의 마음이 아주 세밀하게 잘 표현되어 있지만, 다른 한편으로는 그럴 수밖에 없었던 당시의 폐쇄적인 시대적 상황이 여인의 가슴에 더 깊은 한을 심어주었음을 알 수 있겠다.

제4수

주렴 밖에 바람이 일렁이고,
가을 달은 한적한 계단을 가득 비추네.
촛불은 은촛대에서 꺼졌고,
향로에 타오르던 연기 사라졌네.
취한 사람은 지탱할 수 없고,
멀쩡한 사람은 억지로 견디는데,
어찌하여,
너는 한가히 시를 논하는가!
아,
훼방꾼이 와서 끝장났네.

四

簾外風篩, 涼月滿閒階. 燭滅銀臺, 寶鼎篆煙埋. 醉魂兒難掙挫,
精彩兒强打捱, 那裏每來, 你取閒論詩才. 哈, 定當的人來賽.

* 양월(涼月): 가을밤의 달

이 소령은 쓸쓸한 가을밤의 복잡한 심사를 노래한 곡이다.
대체적으로 보면 밤늦도록 잠 못 이루는 이별의 한임을 알 수

있다. 이 곡의 주인공이 남자인지 여자인지에 대해서는 구체적
으로 나타나 있지 않지만 전체에 흐르는 분위기로 보면 남자의
정서임을 알 수 있다. 이는 바로 앞의 곡에서 이별의 한을 노
래한 여인의 정서와 비교해보면 그 차이를 쉽게 느낄 수 있다.

사랑과 이별에 대한 직접적인 언급은 한 마디도 없지만 한적
한 가을 달에서는 처량함과 쓸쓸함이 느껴지는데, 꺼져버린 촛
불과 향연기에서 밤새도록 오랫동안 수심에 잠을 이루지 못하
는 주인공의 복잡한 마음을 읽을 수 있다. 결국 술로써 근심을
달래며 억지로 슬픔을 억누르고 있는데 누군가 훼방꾼이 찾아
와서 심사를 흩으려버린다.

제5수

당신은 성격이 제멋대로라서,
미련을 두지 않겠지만.
내 마음은 어리석어서,
달이 질 때까지 기다리네요.
당신은 즐거움이 각별한데,
나는 왜 이리 처량한가요?
거짓말 하지마세요.
원수를 찾을 필요 없다고.
나는,
배신자에게 천벌을 받게 할 거예요.

五

你性隨邪, 迷戀不來也. 我心癡呆, 等到月兒斜. 你歡娛受用別,
我凄凉爲甚迭. 休謊說, 不索尋吳越. 喒, 負心的教天滅.

* 수사(隨邪) : 주관이 없이 성격이 쉽게 변하다. 제멋대로이
  다. 방탕하다.
* 심질(甚迭) : 무엇. 무슨.
* 오월(吳越) : 춘추시대의 오나라와 월나라처럼 원수로 지내
  는 사이를 가리킨다.
* 잠(喒) : 나. 우리.

이 소령은 이별을 한 여인이 남자에게 미련을 두고 원망하는 마음을 노래한 곡이다. 이 곡에서도 주인공이 남자인지 여자인지 구체적으로 밝히지 않았지만 전반적으로 흐르는 분위기를 통해 여자임을 직감할 수 있다. 이미 집을 떠난 지 오래되어 아무 소식 없는 남자가 다른 여자와 사랑을 나누고 있을 것이라 생각하면서도 잊지 못하고 괴로움에 시달리고 있다. 그러나 이 여인은 거기서 절망하지 않고 천벌을 통해 복수할 수 있기를 바라는 강한 집착을 표현하고 있다.

제6수

주연 석상 술잔 앞에,
이불과 베개는 어찌 인연이 없나요?
버드나무 아래 꽃밭 옆에서,
시와 노래를 못한 지 이미 여러 해.
남 앞에선 말할 수 없어,
마음속으로 하늘에 기도했지요.
정이 굳건하여,
매일 틈틈이 만나는데.
하늘이여,
언제나 부부가 될까요.

六

席上樽前, 衾枕奈無緣. 柳底花邊, 詩曲已多年. 向人前未敢言,
自心中禱告天. 情意堅, 每日空相見. 天, 甚時節成烟眷.

이 소령은 여인이 사랑의 구렁텅이에 빠졌지만 다시 부끄러
워하여 남에게 감히 말하지도 못하는 것을 노래한 곡이다. 여
인의 강렬한 연정이 묘사가 세밀하고 감동적이다. 연권(烟眷)
은 혼인하여 가족을 이룬 부부를 가리킨다.

제7수

무릎 위에 고금(古琴)을 올려놓고 타니,
슬픔과 원망에 이별의 정이 일어나네.
손가락 아래 바람이 일고,
처량하게 맑은 소리 연주하네.
창문 앞에는 달빛 밝고,
난간 밖에는 밤기운 맑네.
지법(指法)은 가벼워,
시인의 흥취를 불러일으킨다.
들어보라.
물시계 소리 끊어져 인적이 고요하네.

七

膝上琴橫, 哀怨動離情. 指下風生, 瀟灑弄淸聲. 鎖窗前月色明,
雕闌外夜氣淸. 指法輕, 助起騷人興, 聽, 正漏斷人初靜.

* 쇄창(鎖窗): 둥근 고리 모양의 꽃무늬를 조각한 창
* 조란(雕闌): 꽃을 조각한 난간.

이 소령은 고금(古琴)의 연주 소리로써 이별의 근심을 노래

하였다. 달빛 아래에 밤은 깊어 인적은 고요한데 고금소리가
작자의 감정을 불러일으켰다. 전반적으로 의경이 청아하고 감
정ㆍ경물ㆍ청각이 함께 융합되었다.

제8수

붉은 옷소매 가벼이 걷어 올리고,
옥 같은 손가락으로 그네를 당기네.
꽃무늬 그네 밑판 높이 올라가니,
선녀가 운거(雲車)를 타고 떨어지는 듯하네.
이마는 비취 비녀 흐트러지고,
쪽진 머리는 버들잎처럼 한쪽으로 헝클어졌네.
꽃길 옆에서,
춘라선(春羅扇)을 부친다.
부채를 부치니,
하얀 팔에 금팔찌 소리 울리네.

八

紅袖輕揎, 玉筍挽秋千. 畫板高懸, 仙子隆雲軒. 額殘了翡翠鈿,
髻鬆了柳葉偏. 花逕邊, 笑撚春羅扇. 搧, 玉腕鳴黃金釧.

* 화판(畫板): 꽃무늬 조각이 있는 그네의 발판.
* 운헌(雲軒): 전설상에 신선이 타는 수레로 운거(雲車)라고
  도 한다.
* 춘라선(春羅扇): 얇은 비단 명주실로 짠 부채.

이 소령은 그네 타는 여인의 아름다운 자태를 노래한 곡이다. 여기서 작자는 그네를 타고 하늘높이 올라갔다가 내려오는 모습을 마치 선녀가 운거(雲車)를 타고 떨어지는 듯하다고 하였다. 운거는 신선이 구름처럼 타고 다니는 수레로 그 고사는 송나라 장돈이(張敦頤)의 『육조사적(六朝事迹)』 「오의항(烏衣巷)」에 보인다.

당나라 금릉사람 왕사(王樹)는 바다에서 항해를 생업으로 삼는 사람이었는데, 하루는 바다를 항해하여 가다가 풍랑을 만나 배가 파산되어 나뭇조각을 붙잡고 한 섬에 표류하였다. 그 때 한 노인 부부가 그를 발견하고 자기 집으로 데려갔는데 거기가 바로 오의국(烏衣國)이었다. 그들 노부부는 왕사를 딸과 혼인시켜 오랫동안 함께 살게 했다. 그 후 왕사가 집으로 돌아가고 싶다고 하자 운거(雲車)에 태워 바다를 건너 집까지 데려다 주었다. 후세 사람들은 오의국을 남녀 간의 결합을 상징하는 장소로 사용하였다.

이 곡에서 작자는 그네 타는 여인의 자태를 보고 마치 운거를 타고 내려온 선녀 같다고 하였으니, 여기에는 오의국에 갔던 왕사처럼 그녀와 사랑을 이루고 싶은 마음이 담겨있다고 하겠다.

제9수

가을경치는 시흥을 일으키고,
단풍은 산과 계곡에 가득하네.
솔숲 길은 더없이 좋고,
노란 국화는 동쪽 울타리를 에워쌌네.
깨끗한 술잔에 새 술을 따르고
시동은 술잔을 권하네.
관직이 최고에 이르러도,
도대체 무슨 소용 있으랴!
돌아가서,
도연명의 은거생활을 배우리라.

九

秋景堪題, 紅葉滿山溪. 松逕偏宜, 黃菊繞東籬. 正清樽斟潑醅,
有白衣勸酒杯. 官品極, 到底成何濟. 歸, 學取他淵明醉.

* 송경(松逕): 솔밭 사이의 작은 길. 은거하는 정원.
* 발배(潑醅): 거르지 않은 술. 방금 빚은 새 술.
* 백의권주배(白衣勸酒杯): 도연명은 술을 좋아하였으나 항상
  얻을 수 없었다. 9月 9日 집 근처 국화 더미 옆에 오랫동안
  앉아 있었는데 술이 없어서 괴로웠다. 그때 갑자기 강주자사
  왕홍(王弘)이 하인을 보내어 술을 보내왔다. 이에 도연명은

술을 마시고 거나하게 취하여 돌아갔다.

* 백의(白衣): 관청에 고용된 사람. 하인을 가리킨다. 여기서
는 왕홍이 술을 보낸 사자이다.

이 소령은 은일의 정을 노래한 곡으로 경물에 감정을 융화시
켜 시의가 풍부하다. 작자는 가을의 상징인 국화와 음주를 제
재로 삼고 부귀공명을 하찮게 여기며 도연명처럼 전원으로 돌
아갈 것을 표명하였다. 동리(東籬)는 동쪽 울타리라는 뜻으로
도연명의 유명한 「음주」 시에 나온다. 도연명은 국화꽃을 안주
로 하여 남산의 아름다운 자연을 즐기며 혼자 술잔을 기울이겠
다는 생각을 나타내었다.

이 시에서 도연명은 사람들 사는 이웃마을에 집을 짓고 사니
수레와 말을 타고 찾아오는 사람이 없어 조용해서 좋다고 하면
서, "동쪽 울타리 밑에서 국화를 따며 유연히 남산을 바라본
다.(采菊東籬下, 悠然見南山)"라고 하였다.

제10수

웃음소리 떠들썩한데,
담장 안에 누구일까?
버들과 꽃 사이를 뛰어다니며 노네,
뜰 뒤의 아리따운 아가씨들.
예쁘게 진홍치마 단정하게 차려입고,
하늘하늘 비취 비녀를 꽂았네.
아름다워라,
정교한 붓으로도 그리기 어려우리라.
그녀는,
그네에 지친 듯이 기대어 있네.

十

笑語喧嘩, 牆內甚人家. 度柳穿花, 院後那嬌娃. 媚孜孜整絳紗,
顫巍巍插翠花. 可喜煞, 巧筆難描畫. 他, 困倚在秋千架.

* 도류천화(度柳穿花): 화류 사이를 지나다니며 놀다.
* 교왜(嬌娃): 아름다운 소녀.
* 미자자(媚孜孜): 여자의 부드럽고 아리따운 모양.
* 전외외(顫巍巍): 흐느적거리다. 한들한들하다. 휘청휘청하다.
* 취화(翠花): 비취로 만든 비녀.

　이 소령은 눈앞에 펼쳐진 풍경을 사실대로 노래한 곡이다. 작자는 어느 집 담장 밖을 지나면서 담 안에 떠들썩한 소리가 나는 것을 듣고 호기심에 머리를 내밀어 담장 안을 보니 마침 몇 명의 소녀가 거기서 장난하며 놀고 있는 것이 보였다. 이에 곧장 시흥이 일어 천진난만하게 노는 그녀들의 모습을 이렇게 한 편으로 곡으로 묘사하였다.

상조 오엽아

이별의 마음

이별은 쉽고,
만나기는 어렵네,
어디에 말안장을 채워둘까?
봄은 지나가는데,
사람은 돌아오지 않으니,
이때에,
얼굴엔 수심 가득 두 눈엔 눈물 가득.

別情

別離易, 相見難, 何處鎖雕鞍. 春將去, 人未還. 這其間, 殃及殺
愁眉淚眼.

* 상조(商調): 궁조의 이름으로 『태화정음보』에서는 "상조는
  처량하면서도 원망하듯 사모하듯 노래한다. (商調唱凄愴怨
  慕)"라고 하였다.
* 오엽아(梧葉兒): [상조]에 속하는 곡패의 이름으로 형식은
  '3·3·5·3·3·3·6'로 26자, 7구 4운이다.

* 쇄조안(鎖雕鞍): 꽃무늬를 조각한 화려한 말안장에 자물쇠
  를 채운다는 뜻으로 먼 길 가는 사람의 여정을 단호히 저지
  한다는 것을 가리킨다.

이 소령은 낭군이 멀리 길을 떠나 오랫동안 돌아오지 않는데
대한 여인의 그리움을 묘사한 것이다. 앞 3구에는 행여나 멀리
떠나 버릴지 모르는 낭군을 붙잡아 두려는 여인의 불안한 마음
이 나타나 있다. 그러나 그러한 마음도 아랑곳하지 않은 듯 남
자는 먼 길을 떠나 세월이 지나도 돌아오지 않자, 괴로움을 견
디지 못하고 수심과 눈물이 가득한 얼굴로 슬퍼하는 여인의 심
정이 뒤 4구에 잘 나타나 있다. 주덕청은『중원음운』「작사십
법(作詞十法)」정격에 이 곡을 수록하고 그 아름다움을 다음과
같이 칭송하였다.

이와 같은 것이 바로 악부이다. 음은 대를 쪼개는 듯하고, 말
과 뜻은 다하여 다른 모든 사보다 월등하다. 묘함은 '這其間
(저기간)' 3자에 있는데 위를 잇고 아래를 이어주어 조금도 흠
이 없다. '殃及殺(앙급살)' 3자는 그 말이 매우 뛰어나다.
   (如此方是樂府, 音如破竹, 語盡意盡, 冠絶諸詞. 妙在這其間三
字承上接下, 了無瑕疵, 殃及殺三字, 俊哉語也.)

제3장
투 수(套數)

황종 시향금동

(제목 없음)

<시향금동>
규방 앞뜰에,
버들개지 흰 눈처럼 나부끼네.
주렴 밖 쌀쌀히 내리던 비 언뜻 멎고,
봄바람에 떨어진 꽃잎,
흰나비 어지럽히네.
작약은 막 피어나고,
해당화는 시드누나.

<요>
끊임없이 나약한 마음에
새로운 근심은 천만 겹.
문득 옛사람의 갑작스런 이별을 생각하니,
봉황대의 옥피리 소리 끊어졌네.
기러기 아래 관하(關河),
말 위의 밝은 달.

<강황룡곤>
편지는 오지 않고,
편지 쓰기도 귀찮아.

팔목엔 팔찌 느슨해지고,
하얀 피부 살이 빠져,
비단 옷은 헐렁헐렁.
눈물자국 젖어드네,
연지 바른 두 뺨에.
보배로운 거울을 근심스레 비춰보니,
비취색 비녀만 수줍은 듯 붙어있네.

<요>
이유 없이 저버렸네,
좋은 날 좋은 밤을.
옥향로와 은촛대에,
향연기와 촛불 사라지니,
규방은 쓸쓸하고,
원앙 이불은 유명무실.
옥 같은 손을 자주 비비며,
수놓은 신발을 동동 구르네.

<출대자>
두견새의 애절한 울음소리,
서루(西樓)의 목멘 뿔피리소리.
반쯤 내린 주렴에 꽃 그림자 비스듬히 비치고,
처마 아래 댕그랑 바람에 흔들리는 풍경소리,
창문 밖에 여윈 대나무 마디를 두드린다.

<요>

물시계의 재촉함은 매우 처량하고,
밤이 깊어 인적이 고요하네.
규방은 고요함에서 슬픔과 탄식으로 바뀌고,
발걸음 가볍게 옮겨 시녀를 부르네.
향 탁자를 빨리 차리라고.

〈신장아살〉
깊고 깊은 집 안에,
달빛은 맑고 밝은데.
무지갯빛 치마를 정돈하고,
좋은 향을 사르네.
다소곳이 절하고 늘 기도하기를,
부귀호사는 바라지 않고,
부부들이 일찍 다시 만나기만 바랄 뿐입니다!

〈侍香金童〉 春閨院宇, 柳絮飄香雪. 簾幕輕寒雨乍歇, 東風落花
迷粉蝶. 芍藥初開, 海棠才謝.
〈幺〉 柔腸脈脈, 新愁千萬疊. 偶記年前人乍別, 秦臺玉蕭聲斷
絶. 雁底關河, 馬頭明月.
〈降黃龍袞〉 鱗鴻無箇, 錦箋慵寫. 腕鬆金, 肌削玉, 羅衣寬徹.
淚痕淹破, 胭脂雙頰. 寶鑒愁臨, 翠鈿羞貼.
〈幺〉 等閒辜負, 好天良夜. 玉爐中, 銀臺上, 香消燭滅. 鳳幃冷
落, 鴛衾虛設, 玉筍頻搓, 繡鞋重攧.
〈出隊子〉 聽子規啼血, 又西樓角韻咽. 半簾花影自橫斜, 畫簷間
丁當風弄鐵, 紗窗外琅玕敲瘦節.

〈幺〉銅壺玉漏催淒切, 正更闌人靜也. 金閨瀟灑轉傷嗟, 蓮步輕移呼侍妾, 香桌兒安排打快些.

〈神仗兒煞〉深深院舍, 蟾光皎潔. 整頓了霓裳, 把名香謹爇. 伽伽拜罷, 頻頻禱祝, 不求富貴豪奢, 只願得夫妻每早早圓備者.

* 황종(黃鐘): 궁조의 이름으로 주권의 『태화정음보』에서는 "황종궁은 부귀로우면서도 구성지게 노래한다.(黃種宮唱富貴纏綿)"라고 하였다.

* 시향금동(侍香金童): 곡패의 이름으로 [황종] 투수의 첫 곡에 사용된다. 송대에 사패로도 사용되던 곡으로 하주(賀鑄)의 〈시향금동〉 사도 있다.

* 춘규(春閨): 여인의 침실.

* 향설(香雪): 향기 나는 흰 꽃을 눈에 견주어 하는 말이다.

* 분접(粉蝶): 흰 나비. 아름다운 나비.

* 유장(柔腸): 부드러운 마음, 어진 마음.

* 맥맥(脈脈): 끊이지 않는 모양.

* 인홍(鱗鴻): 물고기와 기러기를 일컫는 말이다. 예로부터 물고기와 기러기는 편지를 전해준다고 믿었기에, 이로써 편지를 뜻하는 말로 사용하였다.

* 금전(錦箋): 아름다운 종이로 여기서는 편지를 가리킨다.

* 봉위(鳳幃): 고대 여인들의 규방 안에 치던 휘장.

* 냉락(冷落): 쓸쓸하다, 허전하다.

* 원금(鴛衾): 원앙이불. 옛날에 부부가 함께 침실에서 사용하던 이불.

* 옥순(玉筍): 옥 같이 하얀 여자의 손.

* 경란(更闌): 시각이 늦음. 밤이 깊었음을 가리킨다.
* 금규(金閨): 한대에 금마문(金馬門)의 이칭이다. 침실의 이 칭으로 사용되기도 한다.
* 소쇄(瀟灑): 고요하다. 쓸쓸하다.
* 연보(蓮步): 미인의 예쁜 걸음걸이.
* 가가(伽伽): 절하는 모양.
* 원비(圓備): 한데 모이다.

　이 투수는 주로 송별의 추억, 규방에서의 가을 생각, 분향하며 드리는 기원 등의 몇 가지 특정한 다른 장면을 통하여 먼 곳에 있는 남편에 대한 젊은 여인의 무한한 그리움을 완곡하게 표현하였다. 특히 마지막 두 구에서는 "부귀호사는 바라지 않고, 오직 부부들이 일직 다시 만나기를 바랄 뿐입니다.(不求富貴豪奢, 只願得夫婦每早早圓備者)"라고 하여 부귀공명을 바라지 않고 평범한 가정생활을 원하는 소망을 갈구하였다. 이는 실제로 원대 몽고족 통치자들의 잦은 전쟁으로 사람들의 마음 속에 투영된 그림자인데 작자는 젊은 여인의 입을 빌려 당시의 시대정신을 반영하였다.
　관한경은 항상 잡극의 표현기법을 산곡에 사용하였다. 이 투수는 눈앞에 펼쳐진 외경과 수심에 찬 여인의 마음 사이에 갈등을 유발시켜 내재적인 감정의 충돌로써 이야기의 전개에 부합되는 실마리를 따라 하나하나 풀어나갔다. 일정한 극적인 줄거리의 전개 과정 속에서 수심에 찬 여인의 복잡다단한 심리변화를 그려내었다.

『전원산곡』에서 이러한 제재를 노래한 작품은 도처에서 찾아
볼 수 있다. 그러나 대부분은 여인의 사랑과 이별의 한이라는
범주에 국한되어 격조가 그다지 높지 않은 편이다. 그러나 이
투수는 그러한 좁은 한계를 뛰어넘어 당시의 깊고 넓은 사회생
활 속으로 확대시켜 시대정신과 연계시켜 심오한 주제를 부여
하였다. 관한경이 이렇게 사상성이 풍부한 작품을 창작할 수
있었던 이유는 시대의 전열에 앞장서서 걸어간 그의 처세 태도
와 관계있다. 그는 강직한 성품으로 벼슬에 뜻을 두지 않고 통
치자에게 아부하지 않으면서 굳게 절개를 지킨 인물이었던 것
이다.

대석조 청행자

이별의 정

\<청행자\>
새벽 달 서루(西樓)로 기울 제,
한기가 이불속으로 살짝 스며드네.
웅크리며 자면서 꿈속에 빠졌는데,
남교(藍橋)의 길은 멀고,
옥봉(玉峰)의 안개는 자욱하고,
은하의 구름 걷혔네.

\<요\>
하늘이 부여한 두 풍류는,
아득히 남북으로 뒤바뀌었네.
꽃은 떨어지고 물은 흘러갔는데 내 님은 어디에?
약간의 그리움,
얼마간의 이별의 근심
가슴속에 솟아나네.

\<도미향\>
처음에는 서로를 의지하다가,
우연히 자연스레 성취되어,
행복하여 서로 헤어나지 못했네.

꽃피는 아침부터 달뜨는 저녁까지 함께 놀고 즐기며,
아름다운 계절에 술잔을 권했었지.
지금은 일단 끝나버렸다네.
좋은 일에는 하늘이 인색하다고 하더니,
아름다운 인연이 제기랄 끊어져버려,
부부의 인연을 사정없이 갈라놓았네.

<요>
앉아도 임 생각 길을 가도 임 생각,
상심하며 옛 일을 회상하니,
아름다운 달밤의 깊은 기도를 서로 저버렸네.
소망이 줄지 않고,
근심도 사라지지 않아,
하늘이시여 도와주소서.
다음에 뜻밖에 상봉할 날 있으면,
이별이 수척함만 얻게 했다 말하리라.

<호관음살>
괴팍하고 거친 친구들과 함께 기루를 찾아가서,
항상 시끄럽게 떠들며 근심을 씻었네.
기녀를 대해도 돌아보기 싫어,
울적한 마음으로 돌아왔네,
술잔의 술도 마시지 않은 채.

<미>
꺼져가는 등잔불 앞에서 양 눈썹 찡그려도,

쓸쓸하여 돌아보는 사람 없으니,

누가 봄옷의 단추를 풀어주려나.

離情

〈靑杏子〉 殘月下西樓, 覺微寒輕透衾裯. 華胥一枕謾跧覺, 藍橋
路遠, 玉峰煙漲, 銀漢雲收.

〈幺〉 天付兩風流, 翻成南北悠悠, 落花流水人何處. 相思一點,
離愁幾許, 撮上心頭.

〈茶蘼香〉 記得初相守, 偶爾間因循成就, 美滿效綢繆. 花朝月夜
同宴賞, 佳節須酬, 到今一旦休. 常言道好事天慳, 美姻緣他娘間
阻, 生拆散鸞交鳳友.

〈幺〉 坐想行思, 傷懷感舊, 各辜負了星前月下深深呪. 願不損,
愁不煞, 神天還佑. 他有日不測相逢, 話別離情取一場消瘦.

〈好觀音煞〉 與怪友狂朋尋花柳, 時復間和閨消愁. 對着浪蕊浮花
懶回首, 快快歸來, 元不飮杯中酒.

〈尾〉 對着盞半明不滅的孤燈雙眉皺, 冷淸淸没箇人偢, 誰解春衫
紐兒鈕.

* 대석조(大石調): 궁조의 이름으로 주권의 『태화정음보』에서
  는 "대석조는 풍류적이면서 온화하게 노래한다.(大石唱風流
  蘊籍)"라고 하였다.
* 청행자(靑杏子): 곡패의 이름으로 [대석조] 투수의 첫 곡에
  사용된다.
* 금주(衾裯): 이불.

* 화서(華胥): 화서지몽(華胥之夢). 황제(黃帝)가 낮잠을 자다가 꿈에 화서(華胥) 나라에 가서 그 나라가 이상적으로 잘 다스려진 상황을 보았다는 고사에서 나온 말로 길몽이나 꿈의 뜻으로 쓰인다.

* 만전(蹣跧): 몸이 굽은 모양.

* 남교(藍橋): 당나라 사람 배항(裴航)이 과거에 떨어져서 남교역(藍橋驛)을 지나다가 노파에가 마실 것을 구하였다. 노파는 운영(雲英)을 불러 마실 것을 가져오게 하였더니 배항은 그것을 기뻐하며 노파에게 약을 100일간 찧도록 하고 운영을 아내로 맞이하여 신선이 되었다고 한다.

* 옥봉(玉峰): 도교에서 신선이 산다고 하는 산봉우리를 말한다. 『산해경』에서는 옥산(玉山)에 서왕모가 산다고 하였다. 눈이 쌓인 산을 뜻하기도 한다.

* 주무(綢繆): 정에 사로잡히다. 벗어나지 못하다. 헤어나지 못하다.

* 난교봉우(鸞交鳳友): 난새와 봉황 같은 만남이라는 뜻으로, 재자가인이 부부가 되는 것을 비유한다. 훌륭한 인물의 사귐이라는 뜻도 있다.

* 성전월하(星前月下): 아름다운 달밤이란 뜻으로 월하성전(月下星前)이라고도 한다.

* 신천(神天): 신과 하늘. 천신(天神).

* 괴우광붕(怪友狂朋): 행동이 괴팍하고 거침없는 친구들을 가리킨다.

* 시부간(時復間): 항상. 자주.

* 화홍(和鬨): 시끄럽게 떠들며 놀다.

* 낭예부화(浪蕊浮花): 물위에 떠다니는 꽃(열매를 맺지 않은

꽃)이라는 뜻으로 품행이 경박한 여자를 의미하는 다소 혐
오적인 말이다. 즉 여기서는 기녀를 가리킨다.
* 앙앙(怏怏): 마음에 만족하지 않는 모양.
* 반명불멸(半明不滅): 반쯤 밝고 반쯤 어두워 불이 곧 꺼지
려고 하는 모양을 형용한 말이다.

이 투수는 사랑하는 여인과 달콤한 열애에 빠졌다가 어떤 연
유로 이별하게 되어 그리움에 눈물 짓는 남자의 애통한 심정을
노래한 곡이다.
  먼저 첫 곡 <청행자>에서는 두 사람이 막 이별하게 되었다는
사실을 묘사하였다. 계절적으로 이불에 한기가 느껴지는 늦가
을이나 초가을에 사랑하는 여인과 이별한 남자는 밤잠을 이루
지 못하고 배항과 운영 같은 달콤한 사랑을 꿈꾸지만 그들의
미래는 밝지 못하고 짙은 안개에 가려 있을 뿐이다.
  <요>에서는 이별한 후 얼마 되지 않아서 그리움의 정이 샘솟
는 것을 묘사하였다. <도미향>에서는 지난날 두 사람의 행복했
던 순간을 기억하며 잠시 회상에 잠긴다. 꽃피는 아침부터 달
뜨는 저녁까지 두 사람은 함께 놀고 즐기며 사랑을 속삭였는데
그만 헤어지게 되었다. 좋은 일엔 하늘이 인색하다고 하면서
하늘에 대한 원망도 실어보지만 아름다운 인연이 끊어져버린
데 대해 울분을 토하면서 '타낭(他娘)'이라는 원곡에서만 볼
수 있는 특유의 욕설을 중간에 섞고 있다. 그 뜻은 제기랄ㆍ빌
어먹을 등으로 해석할 수 있으며, 문장 안에서 이상하거나 원
한 등의 정서를 표시한다. 그러나 여기서는 츤자로서 음절상의

작용만 일으킬 뿐 특별한 뜻은 없다고 보기도 한다.

그 다음 <요>에서는 다시 떠나간 님 생각에 몸도 수척해지고 백방으로 만날 방법을 찾아보지만 뜻대로 이루어지지 않자 울분의 마음을 전환하여 하늘을 향해 만나게 해달라고 간절히 기원한다. <호관음살>은 흔히 남자들에게서 볼 수 있는 자포자기의 상황이다. 사랑하는 여인을 잊기 위해 주변의 건달들과 함께 기루에 찾아가서 방탕하게 놀려고 하지만 그래도 마음 한구석엔 그녀에 대한 그리움이 강하게 남아있어 술도 마시지 않은 채 울적한 마음으로 집에 돌아온다. 그리고 마지막 <미>에서는 다시 혼자 밤을 맞이하는 쓸쓸함에 무한한 한숨을 내쉰다.

이 투수는 마치 한편의 드라마를 보듯이 만남과 이별, 그리고 회상의 순간을 독자들에게 펼쳐내어 감동과 아쉬움을 남겨준다. 전반적으로 사랑하는 여인과 이별한 한 남자의 마음이 아주 세밀하게 잘 묘사되어 있다.

대석조 청행자

속마음을 털어놓다

\<청행자\>
꽃 피고 달 밝은 술집에서,
즐거움을 좇으면서도 가을을 슬퍼한다.
슬픔과 기쁨, 만남과 이별은 항상 있는 일,
맑은 눈동자와 하얀 치아,
노래하는 꾀꼬리 춤추는 제비 같이,
따뜻함과 부드러움 뽐내네.

\<요\>
사람이 풍류를 소중히 함은,
전생에 주색으로 인한 병을 빚졌기 때문이라.
아직도 그리움의 빚을 다 갚지 못하여,
구름과 비를 몰고 다니면서,
풍월을 읊조리니,
가는 곳마다 정의가 깊었네.

\<최박자\>
꽃 속에서 함께 자는 산비둘기 좋아하고,
물 위에서 홀로 자는 갈매기를 미워한다.
달 밝은 밤과 꽃 피는 낮에,

큰 연회에 너울너울 춤추는 기녀들 늘어서고,
작은 주연에 한수 같은 풍류자제 모였다네.
붉은 옷소매로 술잔 올리고,
섬섬옥수로 피리를 연주하며,
은갑으로 쟁(箏)을 타네.
벌주놀이로 시주(詩籌)를 뽑고,
곡이 이루어지면 시가 완성되네.
운이 성률에 맞아,
마음이 움직였다 정신이 사라지며,
시상 구상에 깊이 잠기네.
전생의 은혜는 보답을 받아야 하는데,
강과 산의 선녀,
달과 꽃의 요정,
다시 만날 수 있다면,
그만두지 않고,
마음속에 감춰둔 채 발설하지 않으리라.

<요>
기녀들의 우두머리면서,
그녀들의 옛 친구인데,
꿈에서 깨어나니 젊음도 시들어버렸네.
부귀영화 지나가고 소박함만 남고 보니,
재물이 많아야 친분도 두터워짐을 알겠네.
새것을 원하면서 옛것을 그리워하니,
비녀와 패옥을 풀어주고,
거울을 깨고 비녀를 나누어 징표로 삼으면,

벌이 질투하고 나비가 부끄러워하겠지.
악연은 구제하기 어려우니,
학질에 자주 걸리고,
죄업이 가득하여도,
애써 감당하리라.
찬밥을 계속 찌고,
입과 혀를 칼로 삼고,
입술을 창으로 삼아,
홀로 싸워 승부를 가르는데,
근심 없이 뒤섞여 싸우더라도,
간교한 올가미에 걸려들진 않아야지.

<미>
깃발을 펼쳐서 누구에게 달려가라 맡길까,
신기한 모략과 계책으로 신속하게 대응해야지.
손에 붓대 하나 들고,
감히 손무와 오기의 병법에 도전하노라.

騁懷

<靑杏子> 花月酒家樓, 可追歡亦可悲秋. 悲歡聚散爲常事, 明眸皓齒, 歌鶯舞燕, 各逞溫柔.

<幺> 人俊惜風流, 欠前生酒病花愁. 尙還不徹相思債, 攜雲挈雨, 批風切月, 到處綢繆.

<催拍子> 愛共寢花間錦鳩, 恨孤眠水上白鷗. 月宵花晝, 大筵排回雪韋娘, 小酌會竊香韓壽. 擧觴紅袖, 玉纖橫管, 銀甲調箏, 酒令

詩籌. 曲成詩就, 韻協聲律, 情動魂消, 腹稿冥搜, 宿恩當受. 水仙
山鬼, 月妹花妖, 如還得遇, 不許干休, 會埋伏未嘗泄漏.

〈幺〉 羣芳會首, 繁英故友, 夢回時綠肥紅瘦. 榮華過可見疎薄,
財物廣始知親厚. 慕新思舊, 簪遺珮解, 鏡破釵分, 蜂妬蝶羞. 惡緣
難救, 痼疾常發, 業貫將盈, 努力呈頭. 冷浪重餡, 口刀舌劍, 吻槊
唇鎗, 獨攻決勝, 混戰無憂, 不到得落人奸㲉.

〈尾〉 展放征旗任誰走, 廟算神謨必應口. 一管筆在手, 敢搦孫吳
兵鬪.

* 빙회(騁懷): 흉금을 털어놓다. 속마음을 말하다.
* 명모호치(明眸皓齒): 맑은 눈동자와 흰 치아란 뜻으로 미인
  의 아름다운 모습을 형용하는 말이다.
* 주병화수(酒病花愁): 주색에 미련을 두어 생겨난 번뇌를 가
  리킨다.
* 상사채(相思債): 남녀의 사랑의 정이 깊음을 비유한다.
* 휴운설우(攜雲挈雨): 구름과 비를 몰고 다닌다는 뜻으로 남
  녀간의 즐거운 사랑을 비유한 말이다. 송옥의 「고당부서」에
  나오는 운우(雲雨)의 고사에서 나왔다.
* 위낭(韋娘): 당나라 때의 유명한 가기(歌妓) 두위낭(杜韋娘)
  을 가리키는데, 일반적으로 기녀를 지칭하는 말로 사용된다.
* 회설(回雪): 춤추는 모양이 흩날리는 눈송이 같다는 뜻으로
  너울너울 춤추는 모양을 형용한 말이다.
* 절향한수(竊香韓壽): 향을 훔친 한수란 뜻으로 한수투향(韓
  壽偸香)과 같은 말이다. 한수는 서진시대 인물로 용모가 수
  려했다. 무제 때의 권신 가충(賈充)은 그를 사공연(司空掾)

에 발탁했다. 어느 날 가충의 딸 가오(賈午)가 한수를 보고
반해서 저녁마다 그를 집으로 불러들였다. 그가 담을 넘어
들어오면 가오는 몰래 서역에서 가져온 진기한 향을 그에게
주었다. 이 향은 무제가 오직 가충과 대사마 진건(陳騫)에게
만 준 것이었다. 가충이 사실을 깨닫고는 딸을 아내로 주었
다. 이 일로 남녀가 비밀스럽게 교제하는 것은 투향(偸香)이
라 부르게 되었다.

* 소작(小酌): 간소한 주연.
* 홍수(紅袖): 여인의 옷소매.
* 옥섬(玉纖): 미인의 손가락. 섬섬옥수.
* 은갑(銀甲): 쟁이나 비파 등의 악기를 연주할 때 손가락에
  끼우는 은으로 만든 가짜손톱을 말한다.
* 시주(詩籌): 시운(詩韻)의 각 글자를 새겨놓은 판이다. 한정
  된 운(韻)으로 시를 짓는 용도로 준비해 둔다.
* 복고(腹稿): 마음속에 구상하여 둔 글.
* 숙은당수(宿恩當受): 옛날에 기녀들이 전생에 은혜를 주었
  으면 그 보답을 반드시 받아야 한다는 뜻으로 옛날 기녀들
  사이에서 일종의 미신적인 이야기이다.
* 수선산귀(水仙山鬼): 아름답고 요염한 여인을 비유한다.
* 군방회수, 번영고우(羣芳會首, 繁英故友): 자기가 기녀들 중
  의 우두머리이면서 그녀들의 옛 친구라는 뜻이다. 군영과 번
  영은 모두 꽃으로서 기녀를 비유한 말이다.
* 녹비홍수(綠肥紅瘦): 가지와 잎은 무성한데 꽃은 시들었다
  는 뜻이다. 여기서는 아름다운 시절이 다 지나가버렸다는 의
  미로 사용되었다. 기녀들이 늙어서 가치가 없어졌다는 비유
  로도 사용된다.

* 모신사구(慕新思舊): 새것을 원하면서 옛것을 그리워한다.
  모신기구(慕新棄舊)의 오류로 보인다. 새것을 좋아하고 옛
  것을 버린다는 뜻이 되어야 앞뒤로 의미가 상통할 것 같다.
* 잠유패해(簪遺珮解): 머리의 옥비녀와 몸에 다는 장신구(향
  낭·패옥 등)를 상대방에게 주면서 언약을 표시하는 것이다.
* 경파채분(鏡破釵分): 사랑하는 사람과 헤어짐을 비유하는
  말이다. 남녀가 헤어질 때 거울을 둘로 쪼개어 신표로 삼는
  것을 경파라 하고, 여자가 자기 비녀를 둘로 나누어서 남자
  에게 주고 신표로 삼는 것을 채분이라 한다.
* 냉손중류(冷飱重餾): 찬밥을 계속 먹는다는 뜻이다.
* 묘산신모(廟算神謨): 신기한 모략과 계책.
* 손오(孫吳): 춘추시대 손무(孫武)와 전국시대 오기(吳起)를
  가리킨다. 두 사람 모두 병법에 뛰어나고 용병술에 능했다.

이 투수는 작자가 자신의 속마음을 허심탄회하게 털어놓은
것인데 그 내용이 다소 난삽한 면이 있다. 먼저 첫 곡 <청행
자>에는 전곡의 대의로서 기루에서의 남녀 간의 만남에 대해
노래하였다. 그리고 만남과 이별은 항상 있는 법이라고 하면서
기녀의 아름다운 자태를 묘사하였다. 두 번째 <요>에서는 풍류
를 좋아하는 남자 주인공의 생활에 대해 노래하였다. 원래부터
주색을 좋아하여 항상 어디가나 염문을 뿌리고 다니며 정분을
쌓았다. 세 번째 <최박자>는 기루에서의 즐겁고 흥겨운 생활과
아름다운 기녀를 만난 내용이다. 네 번째 <요>와 마지막 <미>
는 갑자기 노래의 주인공이 남자에서 여자로 바뀌었다. <요>는

장문의 노래로 이루어져 있는데, 먼저 기녀의 우두머리인 여자 주인공이 젊은 시절 기루에서 화려한 생활을 보내고 나이가 들고 보니 거들떠보는 사람이 없어 야박한 세상인심을 깨우친다. 그리고 지난날 사랑하는 남자를 만나 즐거운 생활을 보냈으나 결국 서로 이별하게 되었으며, 그 과정에서 다시 만나기로 기약하며 증표를 주고받았다고 하였다. 그 다음부터 후반부는 다소 내용이 애매한데 이를 정리해보면 아마도 여자 주인공이 악연으로 못된 남자를 만났을 때 그에게 벗어나기 위해 싸우겠다는 의미로 보인다.

선려 취군요

규중여인의 원망

<취군요>
새벽에 비 지나가니 산은 더욱 아름답고,
들판의 강물은 모래섬에 차 넘치네.
난간에 기대어 머리를 돌리고,
높은 누각에서 내려와서,
저녁이 되어 가을을 상심해한다.

<육요편>
문득 서늘할 때,
가을바람 스며드네.
벽오동은 잎이 떨어지고,
남은 더위 가까스로 사라졌네.
향불은 향로에서 피어오르고,
주렴은 옥구(玉鉤)에 드리우고 있네.
작은 뜰의 매우 한적한 맑은 낮,
맑고 조용하여,
버드나무 가지 위에 매미 울음소리 들리네.

<기생초>
무엇 때문에 근심하고,

무엇 때문에 걱정하는가?
낭군이 떠난 지 지금까지 오래되었기 때문이라네.
옥경대(玉臺)와 거울에 먼지가 자욱하고,
안방에 쓸쓸히 버려진 바늘과 수.
어찌 알겠는가 팔찌가 느슨해진 것을!
어찌 알겠는가 눈썹에 주름잡힌 것을!

〈상경마〉
그이는 어디에서,
누구와 함께 손을 맞잡고,
규방에서 은술병을 놓고 술마시며 노래하겠지.
이미 저주를 잊어버리고,
기억도 못한 채,
조용히 서로를 즐기겠지.

〈후정화살〉
옷소매로 얼굴 가리고 남몰래 부끄러워하며,
술독 열고 술마시니 더욱 근심만 쌓이네.
답답한 마음에 담장의 이끼 긁어보지만,
편지 쓰는 데도 게을러졌네.
가장 풍류스럽고,
분명 사랑하지만,
대충 부치고 대충 쉬노라.

閨怨

<翠裙腰> 曉來雨過山橫秀, 野水漲汀洲. 闌干倚遍空回首. 下危樓, 一天風物暮傷秋.

<六幺遍> 乍涼時候, 西風透. 碧梧脫葉, 餘暑纔收. 香生鳳口, 簾垂玉鈎, 小院深閉淸晝. 淸幽, 聽聲聲蟬噪柳梢頭.

<寄生草> 爲甚憂, 爲甚愁. 爲蕭郞一去經今久. 玉臺寶鑑生塵垢, 綠窗冷落閒針銹. 豈知人玉腕釧兒鬆, 豈知人兩葉眉兒皺.

<上京馬> 他何處, 共誰人攜手, 小閣銀甁殢歌酒. 早忘了呪, 不記得, 低低耨.

<後庭花煞> 掩袖暗含羞, 開樽越釀愁. 悶把苔牆畫, 慵將錦字修. 最風流, 眞眞恩愛, 等閒分付等閒休.

* 취군요(翠裙腰): 곡패의 이름으로 [선려] 투수의 첫 곡으로 사용된다. 원래는 고대 궁정의 춤곡에 사용되는 음악이었는데 당나라 초기에 서북에서 중원으로 유입되었다.
* 옥대(玉臺): 옥으로 장식한 경대.
* 봉구(鳳口): 봉황의 입처럼 생긴 향로.
* 옥구(玉鈎): 옥으로 만든 걸개. 모든 걸개의 대명사. 초승달.
* 녹창(綠窗): 가난한 여자가 사는 집. 부녀자가 거처하는 방의 창문.
* 완천(腕釧): 팔가락지. 팔찌.
* 금자(錦字): 비단에 써넣은 글자. 아내가 남편을 그리워하여 보내는 글.
* 분부(分付): 처리하다. 처분하다. 맡기다.

이 투수는 제목에서 밝힌 바대로 버림받은 여인의 원망과 한을 노래한 곡이다. 먼저 첫 곡 <취군요>에서는 홀로 남겨진 여인이 새벽에 누각에 올라가서 눈앞에 펼쳐진 풍경을 바라보며 멀리 떠나간 임을 그리워하다가 저녁이 되어서야 내려온다. 계절적으로 싸늘한 가을이라 마음은 더욱 슬프고 아련하다. 다음으로 <육요편>에서는 오동잎 떨어지는 가을에 조용히 홀로 집안에서 임의 소식을 기다린다. 떨어지는 오동잎과 하늘하늘 올라가는 향불 연기, 작은 뜰의 한적한 날씨 등은 모두 가을의 쓸쓸한 분위기를 잘 연출해내고 있다. <기생초>에서는 임이 떠난 지 오래되어도 아무 소식이 없어 근심과 걱정에 사로잡힌 여인의 모습을 묘사하였다. 혼자 지낸지 오래되어 경대와 거울에도 먼지가 자욱이 쌓이고 평소에 즐기던 자수도 하지 않아 한쪽에 팽개쳐 놓았다. 이미 수심에 가득 찬 여인은 몸이 수척해지고 눈가에 주름이 가득해졌다. <상경마>에서는 그토록 소식이 없는 걸 보면 아마 그 사람이 자기를 잊은 채 다른 곳에서 다른 여자의 품에서 즐기고 있을 거라 의심하는 여인의 마음을 묘사하였다. 그리고 마지막 <후정화살>에서는 혼자 울고 술마시며 근심하다가 지쳐버려 거의 포기 상태에 이른 여인의 모습으로 마무리하였다.

전체적으로 이 투수는 이별한 후 홀로 임의 소식을 기다리는 여인의 복잡한 심리 변화가 자세하게 잘 묘사되어 있다.

중려 고조석류화

규중여인의 그리움

\<고조석류화\>
미친 듯한 버들개지 주렴을 스치며 날리는데,
잎은 무성하나 꽃은 거의 없네.
수양버들 그림자 속에 두견새 울며,
한꺼번에 봄을 몽땅 돌려보내네.
모란정 가에 인적은 적막하고,
번뇌에 찬 마음은 술 취한 듯 미친 듯,
그이 때문에 시들시들 병에 걸려,
금팔찌 느슨하고,
비단 옷 헐렁하네.
제비와 꾀꼬리 같은 사랑의 기약 찢어져,
언제나 이별에 상심해한다.
한 통의 편지는 감감하여 종적이 없는데,
누가 또 알까?
언제 우리가 함께 부부의 정을 이룰지.
갑자기 이별한 뒤 몸은 수척해지고
아리따운 얼굴도 초췌해졌네.

\<소조아\>
서로 한 번 만난 뒤로,

근심에 휩싸이게 되어,

술잔 앞에서나 연회자리에서,

눈빛으로 약속하고 마음으로 기약했네.

혼인을 하자고 말하자,

쓸데없는 시비를 많이 받았네.

둘이 서로 굳은 결심을 갖추고,

종신토록 살길을 찾으려 하였다네.

좋은 시절 꿈꾸느라 정신이 피로하였는데,

이불과 베개가 싸늘해졌네.

적막한 비단 휘장,

수척한 살결,

번뇌에 찬 마음의 병을 누가 알리요?

함께 즐거이 만나다가,

조심하지 않아 도중에 혼약이 깨어져,

두 사람이 서로 포기하여.

허리는 수척해지고,

침식도 잊어버렸네.

〈포로아〉

당초에는 가정을 이루길 바랐으나,

옥비녀 부서질 줄 누가 생각했으리오.

당초에는 서로 버리지 않길 바랐으나,

은병(銀甁)이 떨어질 줄 누가 생각했으리오.

고민하고 번뇌하며,

슬퍼하고 원망하며,

울고불고 하며,

비통하고 애절하여,
탄식에 탄식을 거듭하다가,
바닥에 쓰러져 통곡하네.

<포로아>
옛 임은 어느 곳에?
쓸쓸하여 병들었네.
상사병이 더욱 심해져,
처량하여 아침저녁으로 괴로워라.
자욱이 가랑비 부슬부슬 내리고,
살랑살랑 저녁바람 창 밖에 부네.
둥둥 울리는 북소리와,
뚝뚝 떨어지는 옥루의 물방울이 시간을 재촉하네.
근심이 더해짐을,
혼자만이 알고서,
오직 이 마음 스스로 뉘우치네.
다시 서로 만나서,
언제 함께 서로 사랑할까?

<포로삼대곤>
나는 아노라,
경대 옆에 자욱한 먼지를.
나는 아노라,
금비녀 위로 휘늘어진 더부룩한 머리카락을.
나는 아노라,
단절된 소식 언제 돌아올지를.

갑작스런 이별로 살이 비쩍 말라,

이미 나에게는 병과 근심 많아졌는데.

마침 날씨도 노곤하게 하는구나.

<장두화>

규방을 지키며 온종일 마음은 술에 취한 듯,

번뇌와 이별의 근심을 누구에게 하소연할까?

근심스럽게 들리는 건 꾀꼬리의 꾀꼴꾀꼴 소리.

<매화성살>

산과 바다 같은 근심과 번민을 어떻게 대처할까?

나에겐 처리할 수 있는 게 하나도 없어,

억지로 참으며 근심과 두려움의 눈물을 많이 흘린다네.

시녀를 불러 수놓은 주렴을 아래로 내리게 하고,

이 중문을 굳게 닫게 하였으나,

아마도 꾀꼬리와 꽃들은 나의 초췌함을 비웃으리라.

閨思

<古調石榴花> 顚狂柳絮撲簾飛, 綠暗紅稀. 垂楊影裏杜鵑啼, 一弄兒斷送了春歸. 牡丹亭畔人寂寞, 惱芳心似醉如癡. 懨懨爲他成病也, 鬆金釧, 褪羅衣. 拆散燕鶯期, 總是傷情別離. 則這魚書雁信, 冷淸淸杳無踪迹. 更有誰知, 到何時共我成連理. 乍離別玉減香消, 俊龐兒亦憔悴.

<酥棗兒> 一自相逢, 將人來縈繫. 樽前席上, 眼約心期. 比及道

是配合了, 受了些閒是閒非. 咱各辨着箇堅心, 要博箇終緣之計. 想佳期夢斷魂勞, 衾寒枕冷, 寂寞羅幃, 廋損香肌. 悶懨懨鬼病誰知. 同歡會, 不提防半路裏簪折瓶墜, 兩下相抛棄. 把腰肢廋損, 廢寢忘食.

　<鮑老兒> 當初指望成家計, 誰想瓊簪碎, 當初指望無抛棄, 誰想銀瓶墜. 煩煩惱惱, 哀哀怨怨, 哭哭啼啼, 悲悲切切, 長吁短嘆, 自跌自摧.

　<鮑老兒> 故人何處, 冷淸淸染病疾. 相思證轉添, 受凄凉捱朝夕. 細濛濛雨兒淅淅, 颯颯晚風窗兒外吹, 撲簌簌的鼓聲, 滴滴點點玉漏不住催. 添愁悶, 獨自知, 子這心自悔. 再團圓, 幾時一處共相隨.

　<鮑老三臺滾> 俺也自知, 鸞臺懶傍塵土迷, 俺也自知, 金釵款鬟雲鬢推, 俺也自知, 絶鱗翼斷信息幾時回. 乍別來肌如削, 早是我多病多愁, 正値着困人的天氣.

　<牆頭花> 守香閨, 鎭日情如醉, 悶懊惱離愁空敎我訴與誰. 愁聞的是紫燕關關, 倦聽的是黃鶯嚦嚦.

　<賣花聲煞> 愁山悶海却怎當敵, 好敎我無一箇刮劃, 耐心兒多垂下些凄惶淚. 呼侍婢將繡簾低放, 把重門深閉, 怕鶯花笑人憔悴.

* 고조석류화(古調石榴花): 곡패의 이름으로 [중려] 투수의 첫 곡에 사용된다.
* 일노아(一弄兒): 모든. 모두. 일농(一弄)과 같다.
* 단송(斷送): 돌려보내다. 헛되이 보내다. 허송하다.
* 방심(芳心): 미인의 마음. 다른 사람의 마음을 높여서 하는 말이다.

* 연앵(燕鶯): 원래는 제비와 꾀꼬리라는 뜻으로 서로 사랑하는 젊은 남녀를 비유한다.

* 어서안신(魚書雁信): 편지. 서신. 옛날에 종이가 출현하기 전에 편지는 대부분 흰색 비단천 위에 써서 전달되는 과정에 손상되지 않도록 하기 위해 옛사람들은 그것을 두 개의 나뭇조각 사이에 넣고 묶었는데 그 나뭇조각을 주로 물고기 모양으로 만들었기 때문에 그것을 어서(魚書)라 하였다. 안신(雁信)은 기러기가 전해주는 소식이란 뜻으로 편지를 가리킨다. 한나라 무제 때 소무가 흉노땅에서 기러기발에 편지를 묶어 보냈다는 고사에서 유래한다.

* 연리(連理): 나무줄기가 다른 두 나무의 가지가 서로 하나로 연결된 것으로 애정이 깊은 부부사이를 비유하는 말로 사용된다. 연리지(連理枝)라고도 한다.

* 옥함향소(玉減香消): 미인의 여윈 모습을 형용한 말이다.

* 비급(比及): … 에 이르다. 다다르다. … 때에 이르러. … 까지 기다리다.

* 한시한비(閒是閒非): 관련도 없는 시비, 쓸데없는 시비.

* 가기(佳期): 좋은 시기. 혼인하는 날. 사랑하는 남녀가 서로 약속하여 만나는 날.

* 제방(提防): 조심하다, 경계하다, 주의하다, 방비하다.

* 잠절병추(簪折瓶墜): 비녀가 부러져 받기 어렵고 병에 떨어진 낚싯물을 찾기 어렵다는 뜻으로 남녀 사이의 이별을 의미한다.

* 장우단탄(長吁短嘆): 탄식에 탄식을 거듭하다. 한숨만 연달아 쉬다.

* 자질자최(自跌自摧): 너무 비통한 나머지 바닥에 쓰러져 탄

식하는 것을 말한다.
* 석석(淅淅) : 쓸쓸한 비바람 소리.
* 삽삽(颯颯) : 설렁설렁. 선들선들. 솨솨. 바람소리.
* 옥루(玉漏) : 궁중의 물시계.
* 난대(鸞臺) : 난새 문양이 있는 경대.
* 진일(鎭日) : 평상시, 하루 종일.
* 백획(刮劃) : 처리하다. 처치하다. 수리하다. 정리하다.
* 처황(悽惶) : 근심하고 두려워함.

이 투수는 사랑하는 사람과 이별한 후 홀로 남은 여인의 그리움의 정서를 노래한 곡이다. 먼저 첫 곡 <고조석류화>에서는 버들개지 날리고 수양버들 늘어진 늦봄에 이별을 당한 여인의 비통한 심정을 노래하였다. 이미 그녀는 이별의 아픔을 견딜 수 없어 시들시들 병에 걸리고 몸이 여월 대로 여위었다. 두 번째 <소조아>에서는 짧은 곡으로 이별의 비통함을 극적으로 표현하였다. 이미 탄식에 탄식을 거듭하다 바닥에 쓰러져 통곡할 지경이 되었으니 그녀의 애절한 심정이 어느 정도인지 잘 나타나있다. 세 번째 <포로아>에서는 상사병이 깊어진 가운데 다시 만날 수 있기를 기약하는 조그만 희망이 담겨있다. 부슬부슬 내리는 가랑비와 싸늘한 저녁바람은 외로운 여인의 마음을 더욱 쓸쓸하게 만들고 기다림에 지친 가운데 시간만 자꾸 흘러간다. 마지막 <포로삼대곤>에서는 이미 혼자 지낸지 오래되어 화장도 하지 않고 포기한 듯하지만 그래도 마음 한쪽에서는 소식이 오기를 간절히 기다리는 마음이 묻어나 있다.

남려 일지화

항주의 풍경

〈일지화〉
온 천하 비단 수놓은 고장,
온 세상 풍류 있는 땅.
원나라가 새로 넓힌 나라,
망한 송나라의 옛 영토.
강산이 수려하여,
곳곳이 놀기 좋은데,
이곳이 특히 부귀하다네.
성 안에는 수놓은 휘장과 주렴이 가득하고,
와자지껄 사람들이 모여드네.

〈양주〉
백 십리의 거리가 정연하고,
만여 채의 누각이 들쭉날쭉,
결코 반 뙈기의 노는 땅도 없네.
솔숲 속의 집과 대숲 사이 좁은 길,
약초밭과 꽃길,
차밭과 논둑 길,
대나무 제방과 매화 계곡,
한 곳이 한 구의 시제요,

가는 곳마다 아름다운 그림이라.
서염장(西鹽場)은 아름다운 옥 같고,
오산(吳山)의 경색은 천 겹의 비취 같네.
전당강의 만경창파를 바라보노라.
또 맑은 계곡과 물이 있어,
유람선은 오락가락 한가히 노니네.
절강정(浙江亭)에는 연이어,
험준한 봉우리와 괴석이 마주하고 있고,
부러워라 시흥이 일어나네.

<미>
집집마다 도랑물 희미하게 보이고,
누각이 푸른 산위로 우뚝하여,
멀리 서호의 저녁 산세 바라본다.
이쪽을 보고,
저쪽을 보니,
단청이 있다한들 그릴 수 없으리라.

<杭州景> 普天下錦繡鄉, 寶海內風流地. 大元朝新附國, 亡宋家舊華夷. 水秀山奇, 一到處堪游戲. 這答兒忒富貴, 滿城中繡幕風簾, 一閧地人煙輳集.

<梁州> 百十里街衢整齊, 萬餘家樓閣参差, 並無半答兒閒田地. 松軒竹徑, 藥圃花蹊, 茶園稻陌, 竹塢梅溪. 一陀兒一句詩題, 行一步扇面屛幃. 西鹽場便似一帶瓊瑤, 吳山色千疊悲翠. 兀良望錢塘江萬頃玻璃. 更有清溪綠水, 畫船兒來往閒游戲. 浙江亭緊相對, 相

對着險嶺高峰長怪石, 堪羨堪題.

　〈尾〉家家掩映渠流水, 樓閣崢嶸出翠微. 遥望西湖暮山勢, 看了
這壁, 覷了那壁, 縱有丹青下不得筆.

* 일지화(一枝花): 곡패의 이름으로 [남려] 투수의 첫 곡에
  사용된다.
* 화이(華夷): 원래는 중원과 이민족을 가리키는데 원대에는
  중국의 전영토를 일컫는 말로 사용되었다.
* 저답아(這答兒): 이곳. 여기.
* 일홍지(一閧地): 시끄럽게 떠들썩한 모양.
* 반답아(半答兒): 반쪽의 땅. 답아(答兒)은 장소라는 뜻이다.
* 일타아(一陀兒): 한곳. 함께.
* 서염장(西鹽場): 항주의 서쪽에 있는 번성한 도시의 이름.
* 오산(吳山): 항주의 서호 동남쪽 전당강 북쪽 기슭에 있다.
* 올량(兀良): 어기사로 아무 뜻은 없으며, 주로 경탄의 의미
  를 나타내는 어기에 상용된다.
* 전당강(錢塘江): 절강성 경내에서 제일 큰 강으로 옛 명칭
  은 절강(浙江)이었다. 항주를 휘돌아 흐르는 강인데, 원류는
  안휘와 강서성에서 시작하여 항주를 지나 항주만을 거쳐 동
  중국해로 흘러간다.
* 절강정(浙江亭): 송·원대에는 서호를 감상하기에 아주 좋
  은 전망대 중의 하나였다.
* 쟁영(崢嶸): 험준한 모양.
* 취미(翠微): 푸른 산 기운.
* 단청(丹青): 고대에 그림을 그릴 때 사용하던 기본 원료.

이 투수는 자연풍경을 묘사한 관한경의 산곡 중에서 가장 대표적인 명작이다. "하늘에는 천당이 있고, 지상에는 소주와 항주가 있다.(上有天堂, 下有蘇杭)"라고 칭송되어지는 항주의 아름다운 경치는 역대로 많은 시인들의 묘사대상이 되어왔다. 관한경은 대도(大都, 지금의 북경)에서 활동하다 만년에 강남지방을 두루 유람하면서 항주에 이르러 여태까지 한 번도 본 적이 없었던 강남의 수려한 경치에 현혹되어 이 투수를 지었다.

먼저 첫 곡 〈일지화〉에서는 항주를 "온 천하의 비단 수놓은 고장, 온 세상의 풍류가 있는 곳"이라고 극찬한 후, 왕조의 변천에도 불구하고 도시의 번성함과 자연경관의 아름다움을 여전히 잃지 않고 있는 항주의 모습을 개괄적으로 묘사하였다.

그 다음 〈양주〉에서는 성 안팎의 경관을 더욱 자세하게 묘사하였다. 성 안은 번화한 도시의 풍경 속에 조용한 전원의 아름다움을 동시에 간직한 모습으로 묘사하였으며, 성 밖은 서염장(西鹽場)·오산(吳山)·전당강·계곡·유람선·절강정, 험준한 산봉우리와 기암괴석 등 눈앞에 펼쳐진 경색의 아름다움을 하나도 놓치지 않고 차례로 묘사하였다.

마지막으로 〈미〉에서는 작자가 전체적으로 항주의 풍경을 다시 한 번 둘러보고 그 아름다움을 극찬하였다.

항주의 풍경을 묘사한 시사(詩詞)는 역대로 많이 있었다. 그 중에서도 백거이의 「전당호춘행(錢塘湖春行)」·「항주춘망(杭州春望)」과 「억강남(憶江南)·항주」, 소동파의 「망해루만경(望海樓晚景)」·「차운중수유서호(次韻仲殊游西湖)」·「음호상초청후우(飲湖上初晴後雨)」 등이 유명하지만, 이것들은 대체로 짧은 편폭 속에 비교적 특징성이 풍부한 한 두 장면의 풍경을 포착하여 묘사한 것으로, 관한경의 이 투수처럼 긴 편폭 속에 항주

의 풍경을 전면적으로 묘사한 것은 찾아보기 드물다. 유영(柳
永)의 「망해조(望海潮)」는 항주의 산색, 시정의 번화, 서호의
절경, 사회생활의 사치에 대하여 뛰어난 묘사를 한 것으로 그
아름다움을 관한경의 이 투수와 비길 수 있다. 그러나 자세히
살펴보면 세밀한 묘사와 열렬한 감정, 언어와 풍격의 청신함에
있어서 이 투수에 미치지 못한다. 이 투수의 뛰어난 점은 자연
풍경에 국한되지 않고 왕조의 변천과 번화한 도시의 모습을 통
하여 현실사회의 변화를 아울러 반영한 데 있다.

남려 일지화

주렴수에게 주다

〈일지화〉
만 가닥의 새우수염을 가볍게 마름질하고,
천 꿰미의 구슬을 교묘하게 짰네,
금갈고리 광채는 교차하여 빛나고,
수놓은 띠는 너울너울 춤춘다.
안개인 듯 구름인 듯,
깊은 내실의 뜰을 아름답게 단장하여,
어떠한 한량도 마음대로 볼 수 없다네.
흔들리면 네 벽에 비취색 그늘 짙게 깔리고,
방출되는 빛에 수많은 유리기와 무색해지네.

〈양주〉
부귀는 후씨집안의 자주색 비단 휘장 같고,
풍류는 사씨집안의 홍련 휘장 같아서,
봄 수심에 문 잠그고 제비를 내보내지 않으려네.
맞붙어 있는 비단 창문,
연이어 있는 비취색 대문,
아로새긴 창살이 서로 비치고,
수놓은 휘장이 서로 끌어당기네.
이끼 털어낸 섬돌엔 느릅 열매 가득하고,

이렇게 버들개지 솜같이 날리네.

근심스런 건 회랑을 적시며 솨솨 내리는 저녁 비,

한스런 건 굽은 난간을 쓸고 가는 소슬한 가을바람,

사랑스런 건 장문궁(長門宮)을 비추는 아름다운 달.

능파전(凌波殿) 앞에,

푸르고 영롱하게 아른거리는 상비(湘妃)의 얼굴,

복이 없으면 어찌 볼 수 있으랴.

천리 양주(揚州)의 아름다운 풍물에,

신선이 출현한 것을.

<미>

한줄기 가을 물처럼 밤새 펴져 있고,

한조각 아침 구름처럼 온종일 매여 있네.

수호선생(守戶先生) 당신이 사랑할 수 있게 되었으니,

매우 애석하여라,

당신의 손바닥 안에 받쳐 들고 잘 말아두길 바라오.

<一枝花> 輕裁蝦萬鬚, 巧織珠千串, 金鉤光錯落, 繡帶舞蹁躚.
似霧非煙, 粧點就深閨院, 不許那等閒人取次展. 搖四壁翡翠濃陰,
射萬瓦琉璃色淺.

<梁州> 富貴似侯家紫帳, 風流如謝府紅蓮, 鎖春愁不放雙飛燕.
綺窗相近, 翠戶相連, 雕欄相映, 繡幕相牽. 拂苔痕滿砌榆錢, 惹楊
花飛點如錦. 愁的是抹回廊暮雨蕭蕭, 恨的是篩曲檻西風剪剪, 愛
的是透長門夜月娟娟. 凌波殿前, 碧玲瓏掩映湘妃面, 没福怎能勾
見. 十里揚州風物妍, 出落着神仙.

<尾> 恰便似一池秋水通宵展, 一片朝雲盡日懸. 你箇守戶的先生肯相戀, 煞是可憐, 則要你手掌兒裏奇擎着耐心兒捲.

* 착락(錯落): 뒤섞여서 배열되어 있다.
* 편선(蹁躚): 빙 돌아서 가는 모양. 빙빙 돌며 춤추는 모양.
* 후가자장, 사부홍련(侯家紫帳, 謝府紅蓮): 동진시대 사안(謝安)은 현달한 집안의 권문세족이었다. 이때 새로 귀족의 반열에 오른 후경(侯景)이 사씨집안에 구혼을 하자, 황제가 이르기를 홍련(紅蓮) 주렴을 친 사씨집안과는 혼인할 수 없고, 자주색 주렴을 친 후씨집안 주씨와 장씨 이하의 관원집과 혼인할 수 있다고 했다. 여기서 후가(侯家)와 사부(謝府)는 현달하여 부귀한 집을 가리키게 되었다.
* 유전(榆錢): 느릅나무의 열매 깍지로 모양이 돈과 비슷하다.
* 말회랑(抹回廊): 비에 젖은 길고 구불구불한 복도.
* 전전(剪剪): 바람이 가볍게 부는데 차가움이 있다는 뜻이다.
* 능파전(凌波殿): 당나라 때 낙양의 궁전 이름이다. 『태진외전(太眞外傳)』에 의하면, 현종이 하루는 낙양(洛陽)에서 낮잠을 자는데 꿈속에서 한 여인이 침상 앞에 나타나 자신을 능파지(凌波池)의 선녀라고 한데서 붙여진 이름이라고 한다. 여기서는 한여름에 더위를 씻으면서 달을 구경하기 좋은 장소, 또는 물가에 있는 전각을 가리킨다.
* 상비(湘妃): 순임금의 두 왕비인 아황(娥皇)과 여영(女英)의 넋을 이르는 말이다. 순임금이 남쪽으로 내려가서 순방하던 중에 창오(蒼梧)에서 죽음을 맞게 되었는데, 이 소식을 들은 아황과 여영은 상수(湘水)로 달려가서 통곡하며 눈물

을 흘렸다. 그 눈물이 대나무 위로 흘려 얼룩얼룩한 반점의
무늬를 형성하여 후세 사람들은 그 대나무를 상비죽(湘妃
竹)이라 하였다.
* 사곡함(籬曲檻): 가을바람이 뚫고 지나간 길고 구불구불한
난간.
* 수호선생(守戶先生): 주렴수는 후에 항주에서 한 도사에게
시집을 갔는데 그 사람을 가리킨다. 선생(先生)은 송나라 때
에는 도사(道士)를 칭하는 말이었다.

주렴수(朱簾秀)는 원대의 유명한 여배우로서 잡극으로는 당
대의 독보적인 존재였다. 당시의 노소재(盧疎齋)·호자산(胡紫
山)·풍해속(馮海粟) 등과 같은 명사들은 주렴수에게 곡을 지
어줄 정도로 그녀와 친했으며 극단의 후배들도 그녀를 매우 칭
송했다. 이렇게 명성이 자자한 주렴수가 풍류객의 영수이며 당
대 제일의 잡극가인 관한경과 함께 극단 활동을 했다는 것은
지극히 자연스런 일이며 이로 인하여 두 사람의 관계가 예사롭
지 않았음도 부인할 수 없을 것이다. 그러나 주렴수는 대도에
서의 극단 활동을 중단하고 갑자기 항주로 내려가서 한 도사에
게 자신의 일생을 맡기게 되었다. 이 투수는 전편에 걸쳐 경물
을 빌려 인물을 묘사하는 예술적 기법을 사용하고, 해음(諧音)
과 쌍관어의 교묘한 운용과 주렴에 대한 반복 영창을 거쳐, 이
저명한 잡극 여배우의 아름다운 자태를 형상적이고 생동적으로
부각시켰으며, 이로부터 그녀에 대한 작자의 찬미와 애모의 정
을 전달하였다.

먼저 첫 곡 <일지화>에서는 주렴의 진귀함과 화려함을 묘사하였는데 이는 바로 주렴수에 대한 간접적인 비유이다.

그 다음 <양주>는 전반부에서는 앞의 곡을 계속 이어 후씨집안의 자주색 비단 휘장과 사씨집안의 홍련 휘장으로써 주렴의 화려함과 고귀함을 나타내고, 다시 얇은 비단 창문(綺窗)과 비취색 대문(翠戶), 아로새긴 창살(雕櫳), 수놓은 휘장(繡幕) 등 주렴과 연이어 있는 주변의 여러 가지 아름다운 경물을 노래하여 주렴의 화귀함과 고아함을 더욱 부각시켰다. 후반부에서는 주렴을 의인화하여 세상사에 대한 주렴의 감상을 묘사하고 마지막에서 다시 주렴의 아름다움을 찬미하였다. 여기에도 역시 표면적으로는 구구절절 주렴에 대한 묘사뿐이지만 그 행간에는 주렴수에 대한 애모의 정이 무한히 내재되어 있으니 이것은 바로 주렴수의 고아하고 화염한 용모와 성품을 찬미한 것임을 알 수 있다.

마지막 <미>에서는 밤낮을 가리지 않고 아름답게 방안을 장식하고 있는 주렴이 다른 사람의 손에 넘어가게 되었으니 주렴의 새 주인에게 주렴을 잘 부탁한다는 말을 하여 주렴에 대한 미련과 무한한 사랑을 표시하였다. 이것은 주렴수가 관한경을 떠나 항주의 도사인 수호선생(守戶先生)에게 가버린 것을 암시하고 있다. 따라서 마지막 두 구에서는 자신을 버리고 떠난 주렴수를 잊지 못하는 아쉬움과 그녀의 장래를 축원하는 영원한 사랑이 함축되어 있다. 전편에 걸쳐 경물을 빌려 인물을 묘사하는 기법을 사용할 수밖에 없었던 까닭도 그녀가 이미 타인의 사람이 되었기 때문일 것이다. 이 투수는 관한경의 산곡 중 명작으로 손꼽히는 작품의 하나인데 이 작품을 통해서 또한 관한경의 산곡의 독특한 풍경과 면모를 엿볼 수 있다.

남려 일지화

한경, 늙음에 불복하다

〈일지화〉
담장으로 피어오른 꽃을 잡고,
길가에 늘어진 버들을 꺾었네,
꽃은 어린 붉은 꽃을 잡았고,
버들은 부드러운 푸른 가지를 꺾었네,
방랑객의 풍류,
버들을 꺾고 꽃을 잡은 손에 맡기어,
꽃이 시들고 버들이 말라야 그만두었으니.
반평생을 기생집에 드나들며,
한평생을 화류계에 몸을 적셨다네.

〈양주〉
나는 온 천하 난봉꾼의 영수요,
온 세상 방랑객의 우두머리라네.
젊은 얼굴 언제나 여전하길 갈망하여,
꽃 속에서 세월을 보내고,
술 속에서 근심을 잊었다오.
분차(分茶)와 전죽(攧竹),
타마(打馬)와 장구(藏鬮)를 즐기고,
오음과 육률에 훤히 통달했으니,

무엇이 내 마음을 근심스럽게 하랴,

짝하는 건 경대 앞에서 웃으면서 은쟁을 타며 병풍에 기대는
은쟁녀,

짝하는 건 섬섬옥수 자락으로 어깨를 흔들며 함께 옥루에 오
르는 선녀,

짝하는 건 금루의(金縷衣)를 노래하고 술독을 두드리며 술잔
을 가득 채우는 기녀,

너희들은 내가 늙었으니,

그만 물러나라 하지만.

풍월공명(風月功名)의 으뜸을 차지하는 것이,

더욱 찬란하고 빛나는 일일지니.

나는 풍월장의 총두목이 되어,

곳곳을 돌아다니며 노니리라.

<격미>

젊은 너희들은 띠풀 산과 모래흙 굴에서 갓 나온 토끼와 양
이 갑자기 사냥터로 달려가는 것과 같은 자들이고,

나는 가리와 그물을 경험한 깃이 검은 꿩이 노련하게 사냥터
를 지나가는 것과 같은 자이다.

온갖 중상모략을 겪었으되,

남 보다 뒤떨어진 적 없었다오.

중년이 되면 만사가 그만이라 말하니,

내 어찌 허송세월 하리오.

<미>

나는 쪄도 문드러지지 않고 삶아도 익지 않으며 쳐도 납작해

지지 않고 볶아도 터지지 않는 소리 쟁쟁한 한 알의 동완두(銅豌豆)라오,

　젊은이들아! 누가 너희들을 호미질해도 끊어지지 않고 찍어도 쓰러지지 않고 풀어도 풀리지 않으며 발을 굴러도 벗어날 수 없는 느릿느릿 천 겹으로 짠 비단 올가미 속으로 뚫고 들어가게 하였던가!

　내 즐기는 건 양원(梁園)의 달,

　마시는 건 동경(東京)의 술,

　감상하는 건 낙양의 꽃,

　잡는 건 장대류(章臺柳)라네,

　난 바둑 둘 줄 알고,

　축국할 줄 알며,

　사냥할 줄 알고,

　희극적인 동작이나 대사를 할 줄 알고,

　가무를 할 줄 알고,

　악기 연주 할 줄 알고,

　노래할 줄 알고,

　시 읊을 줄 알고,

　쌍륙 할 줄 안다네.

　너희가 내 이빨을 빼고 내 입을 삐뚤어지게 하고 내 다리를 절게 하고 내 손을 자르고,

　하늘이 나에게 어떤 몹쓸 병을 준다 해도,

　그만두지 않으리.

　단지 염라대왕이 친히 나를 부르고,

　귀신이 직접 나의 혼을 가져가고,

　삼혼(三魂)이 저승으로 돌아가고,

칠백(七魄)이 황천에서 슬퍼할 때만,

아이고 하느님,

그때야만 비로소 기원으로 가지 않겠지.

漢卿不伏老

攀出牆朵朵花, 折臨路枝枝柳. 花攀紅蕊嫩, 柳折翠條柔, 浪子風流. 憑着我折柳攀花手, 直煞得花殘柳敗休. 半生來弄柳拈花, 一世裏眠花臥柳.

<梁州> 我是箇普天下郎君領袖, 蓋世界浪子班頭. 願朱顔不改常依舊, 花中消遣, 酒內忘憂. 分茶攧竹, 打馬藏鬮, 通五音六律滑熟, 甚閒愁到我心頭. 伴的是銀箏女銀臺前理銀箏笑倚銀屏, 伴的是玉天仙攜玉手並玉肩同登玉樓, 伴的是金釵客歌金縷捧金樽滿泛金甌. 你道我老也, 暫休. 佔排場風月功名首, 更玲瓏又剔透. 我是箇錦陣花營都帥頭, 曾翫府游州.

<隔尾> 子弟每是箇茅草崗沙土窩初生的兔羔兒乍向圍場上走, 我是箇經籠罩受索網蒼翎毛老野雞蹅踏的陣馬兒熟. 經了些窩弓冷箭蠟鎗頭, 不曾落人後. 恰不道人到中年萬事休, 我怎肯虛度了春秋.

<尾> 我是箇蒸不爛煮不熟搥不區炒不爆響噹噹一粒銅豌豆, 恁子弟每誰教你鑽入他鋤不斷斫不下解不開頓不脫慢騰騰千層錦套頭. 我翫的是梁園月, 飲的是東京酒, 賞的是洛陽花, 攀的是章臺柳. 我也會圍棋, 會蹴踘, 會打圍, 會插科, 會歌舞, 會吹彈, 會嚥作, 會吟詩, 會雙陸. 你便是落了我牙 · 歪了我嘴 · 瘸了我腿 · 折了我手, 天賜與我這幾般兒歹症候, 尚兀自不肯休. 則除是閻王親自喚, 神鬼自來勾, 三魄歸地府, 七魄喪冥幽, 天那, 那其間才不向煙花路兒上走.

* 출장화(出牆花): 담장 밖으로 나온 꽃이란 뜻으로 기녀나 창기를 비유한다.
* 임로류(臨路柳): 길가에 있는 버드나무란 뜻으로 기녀나 창기를 비유한다.
* 낭자(浪子): 풍류를 좋아하고 방탕하게 노는 사람을 가리키는 말이다.
* 농류염화(弄柳拈花): 버드나무를 희롱하고 꽃을 따다. 즉 기생집에 드나들며 기녀들을 희롱하며 즐겁게 논다는 뜻이다.
* 면화와류(眠花臥柳): 꽃 속에 잠을 자고 버드나무 사이에 눕는다. 즉 기녀들과 함께 어울려 놀다. 화류계에 몸을 담다는 뜻이다.
* 낭군(郎君): 본래는 귀공자를 뜻하는 말인데, 원곡에서는 부랑자나 카사노바, 오입쟁이 등을 가리킨다.
* 반두(班頭): 패거리의 두목. 우두머리.
* 분차(分茶): 송·원대에 유행한 일종의 독특한 차 끓이는 기예의 하나이다.
* 전죽(攧竹): 고대 중국에서 유행하던 일종의 도박성 놀이이다. 대나무 통 가운데 여러 개의 대쪽을 넣어놓고 흔들어 어떤 표식이 있는 것을 뽑느냐를 가지고 승부를 결정짓는다.
* 타마(打馬): 54개의 상아로 만든 원형의 패로써 위에 말 이름을 새겨두고 주사위를 던져 도박을 하여 승부를 결정짓는 놀이이다.
* 장구(藏鬮): 각각의 사람마다 손에 종이쪽지나 작은 물건을 쥐고서 서로 추측하여 맞히는 놀이이다.
* 은쟁녀(銀箏女): 음악을 연주하는 기녀를 가리킨다.
* 옥천선(玉天仙): 천상계의 선녀라는 뜻으로 여기서는 가기

(歌妓)를 가리킨다. 옥천(玉天)은 천상계를 말한다.

* 금채객(金釵客): 머리에 금비녀를 꽂은 사람이라는 뜻으로 기녀를 가리킨다.

* 금루의(金縷衣): 당나라 때의 곡조 이름으로 칠언악부이며 작자는 미상이다.

* 금진화영(錦陣花營): 창기와 배우들이 모이는 장소를 가리킨다. 풍월장(風月場).

* 면고아(免羔兒): 처음 풍월장에 들어간 경험이 없는 젊은 예능인들을 비유한다.

* 농조(籠罩): 가리, 물고기를 잡는 대로 만든 제구

* 와궁(窩弓): 맹수를 잡기 위하여 숲 속에 보이지 않게 설치하는 활 또는 덫이다.

* 냉전(冷箭): 갑자기 발사한 화살.

* 납창두(蠟鎗頭): 납으로 된 창끝이라는 뜻으로 유명무실한 것, 맞힐 수 없는 것을 비유한다. 여기서는 다른 사람의 중상모략을 비유하는 말로 사용되었다.

* 동완두(銅豌豆): 온갖 풍상을 다 겪은 강인한 사람으로 여기서는 작자의 성격이 매우 강인함을 비유한 말이다.

* 투두(套頭): 말이나 나귀의 목에 매는 굴레이다. 원곡에서는 황실 창기가 손님을 농락하는 수완을 비유한다.

* 양원(梁園): 한나라 때 양효왕(梁孝王)의 동산.

* 동경(東京): 한나라 때는 낙양을 동경이라 하였고, 오대부터 송대까지는 변경(汴京, 지금의 개봉)을 동경이라 하였다.

* 낙양화(洛陽花): 모란을 가리킨다. 옛날부터 낙양이 모란화 생산으로 유명하였기 때문에 붙여진 이름이다.

* 장대류(章臺柳): 장대(章臺)는 장안의 유명한 거리 이름인

데 그 거리에 있는 버드나무란 뜻으로 기녀를 가리킨다.
* 축국(蹴鞠): 공을 발로 차는 유희인데, 지금의 축구의 원조
  라 할 수 있으나 경기방식과 공이 지금과는 다르다.
* 삽과(插科): 희곡 배우가 연기 중에 삽입하는 웃음거리 동
  작을 말한다.
* 쌍륙(雙陸): 주사위를 써서 말이 궁에 들어가기를 겨루는
  놀이이다.
* 삼혼(三魂): 사람의 몸 가운데 있는 세 개의 혼으로, 즉 태
  광(台光) · 상령(爽靈) · 유정(幽精)을 말한다.
* 지부(地府): 불교에서 저승을 이르는 말이다.
* 칠백(七魄): 영혼. 불교에서는 인체에 일곱 개의 혼백이 있
  다고 생각하였다. 죽은 사람의 몸에 남아 있는 일곱 가지의
  정령. 곧 두 개의 귀와 눈 · 콧구멍, 하나의 입을 말한다.
* 명유(冥幽): 불교에서 저승을 이른다.
* 연화로(煙花路): 기녀들이 모여 사는 곳.

이 투수는 관한경을 대표하는 가장 유명한 산곡 중의 하나로
서 지금까지 그의 사상과 창작 풍격을 연구하는 중요한 자료로
인식되어 왔다. 이 투수를 통해서 그는 만년에 이르러도 늙음
에 굴복하지 않고 자신이 추구하는 풍류생활을 끝까지 영위하
겠다는 강한 의지를 표명하였다. 따라서 이 곡은 그가 만년에
지은 것임을 알 수 있다.
　<일지화>에서는 화류계에 드나들며 예기(藝妓)들과 함께 일
생을 보내온 자신의 생활을 묘사하였다. 예기에 대한 직접적인

언급은 한마디도 없으나 출장화(出牆花)나 임로류(臨路柳) 등 주로 꽃과 버들로써 적절하게 비유한 뛰어난 표현기법이 두드러진다.

<양주>에서는 한걸음 더 나아가 난봉꾼의 영수라든지 방랑객의 우두머리라 자처하며 풍류낭자(風流浪子) 생활을 구체적으로 묘사하고, 비록 몸은 늙었지만 그러한 생활을 포기하지 않겠다는 의지를 나타내었다. 희문 「장협장원(張協狀元)」에서 유영의 낭자반두(浪子班頭)나 『수호전』에서의 낭자연청(浪子燕靑) 등에서도 보듯이 송·금·원대의 서회재인(書會才人)들은 항상 풍류낭자를 미칭으로 즐겨 사용하였는데, 관한경의 그러한 표현도 당시의 사회적 기풍을 반영한 측면이 있다. 또 풍월공명(風月功名)의 으뜸을 차지하고 풍월장(風月場)의 총두목이 되겠다는 것은 서회재인으로서 극단의 영수가 되어 창작과 공연활동을 포기하지 않겠다는 강한 작가의식의 표출이기도 하다.

<격미>에서는 세상의 온갖 풍파를 경험한 자신이 늙음에 굴복하지 않겠다는 결심을 다시 한 번 천명했다. <미>에서는 자신의 완강한 성격과 다재다능한 기예를 해학적인 비유로써 묘사하여 풍류낭자 생활에 대한 굳건한 의지와 늙음에 불복하겠다는 대한 결심을 재삼 확인하였다.

관한경을 비롯한 당시의 서회재인들은 주로 그들의 활동지역을 구란(勾欄)과 와사(瓦舍)로 삼았는데, 당시에 그들과 함께 무대에 섰던 여배우들이 대부분 기녀를 겸하였기 때문에 서회와 구란·기원, 재인과 여배우·기녀와의 관계는 자연히 밀접해졌다. 이러한 상황에서 관한경이 반평생을 기생집에 드나들며 한평생을 화류계에 몸을 적신 난봉꾼의 영수이며 방랑객의

우두머리로 생활한 것은 서회의 중심인물로서의 당연한 생활의 일부로 받아들일 수 있다. 따라서 이 투수에 표현된 관한경의 풍류낭자 생활에는 다소 향락적인 면도 내포되어 있지만, 그가 끝까지 그러한 생활을 포기하지 않으려 한데는 풍월장의 총두목으로서 사회의 최하층에 들어가 예기들과 함께 생활하여 그녀들의 생활을 철저히 인식함으로써 창작의 원천을 얻기 위한 목적이 함께 있었던 것으로 이해할 수 있다. 예기들의 생활을 반영한 우수한 잡극 「구풍진(救風塵)」·「금선지(金線池)」·「사천향(謝天香)」 등에서 사실적인 묘사로 성공을 거둘 수 있었던 것은 바로 이러한 작가의 생활 실천이 창작의 원천이 되었기 때문이다.

이 투수의 최대 특색은 그것이 고도의 예술성을 지니고 있다는 점이다. 표현상에서는 비유와 해학적인 묘사에 과장법을 적절이 운용하여 인물의 성격을 매우 형상적으로 완성하였으며, 언어는 통속적인 구어를 사용하여 곡의 본색을 거침없이 나타내었다. 특히 <미>곡의 첫 2구는 정격의 글자 수에 따르면 7자·7자인데 관한경은 이것을 23자·30자로 늘렸으니 정자인 "我是一粒銅豌豆, 鑽入千層錦套頭" 외의 나머지 글자는 전부 츤자이다. 이렇듯 그는 이 곡에서 매우 많은 츤자를 운용하여 곡의 장점을 최대한 살리면서 동완두의 형상을 더욱 구체적이고 사실적으로 묘사하였다.

쌍조 신수령

(제목 없음)

<신수령>
초대(楚臺)의 구름과 비 무협(巫峽)에서 만나는데,
어젯밤에 가서 기약을 하였네.
누각엔 제비 깃들고,
정원엔 까마귀 울음 들리는데,
그이를 생각하며,
바느질 끝내고 밤 화장을 하였네.

<교패아>
정성스레 꽃길을 걸으며
홀로 비단창문 아래에 서 있다.
불안한 마음에 부들부들 떨며.
이름을 부를 수도 없으니,
나는 할 수 없이 그녀를 기다리리.

<안아락>
남이 몰래 볼까 두려워,
도미화(酴醾花) 받침대에 숨었네.
한참을 기다려도 오지 않으니,
할 수 없이 홀로 꽃그늘 아래에 섰노라.

<괘탑구>
한참을 기다려도 그녀는 보이지 않네.
진실로 아름다운 기약을 하였는데,
잠에 빠진 사람이 잊은 것은 아닐까?
미생(尾生)처럼 신념을 가지고 기다리리.
원망스러워 그녀를 욕하려는데,
삐거덕 문 열리는 소리 들리고,
갑자기 꽃 같은 미인이 보이는 구나

<두엽황>
쪽진 머리 검은 구름 같고,
매미 날개 같은 귀밑머리 매우 검구나,
희고 부드러운 가슴,
얼굴은 붉은 노을에 두드러지고,
날씬한 허리 더욱 사랑스러워라.
말할 수 있고 과장할 수 있다네.
달 속의 상아 같아,
요염한 자태,
더욱 아름다워라.

<칠제형>
나는 여기서 그녀 찾아,
그녀를 부르네,
아!
아가씨,
과연 미색 욕구가 하늘만큼 커져.

가슴으로 원수 같은 인간을 끌어안아,
예쁜 볼에 입마추고 귓속말로 소곤소곤.

<매화주>
두 사람의 정이 짙어,
흥취는 더욱 아름다워라,
땅바닥을 잠시 평상 삼아,
높은 달 아래 은납(銀蠟)을 태우네.
밤은 깊어,
인적은 고요한데,
낮은 소리로 꽃 같은 이에게 물으니.
결국은 여자로세.

<수강남>
미풍이 불어와 모란화를 터뜨리는데,
잠깐 동안 비비어 붉은 치마 못쓰게 되었네,
싸늘한 혀끝에 향기로운 차를 가져오니.
잠시도 안 있어,
온 몸이 오싹해지네.

<미>
검은머리 손질하고 조그만 신발 신으려 할 때,
몸을 돌려 다시 말을 하네,
내일 밤에 일찍 오세요,
저는 창문 밖의 파초잎 두드리는 소리만 듣겠어요.

<新水令> 楚臺雲雨會巫峽, 赴昨宵約來的期話. 樓頭栖燕子, 庭院已聞鴉, 料想他家, 收針指晚粧罷.

<喬牌兒> 款將花徑踏, 獨立在紗窗下, 顫欽欽把不定心頭怕. 不敢將小名呼, 咱則索等候他.

<雁兒落> 怕別人照見咱, 掩映在酴醾架. 等多時不見來, 則索獨立在花陰下.

<掛搭鉤> 等候多時不見他, 這的是約下佳期話, 莫不是貪睡人兒忘了那. 伏塚在藍橋下. 意懊惱却待將他罵, 聽得呀的門開, 驀見如花.

<豆葉黃> 髻挽烏雲, 蟬鬢堆鴉, 粉膩酥胸, 臉襯紅霞, 裊娜腰肢更喜恰, 堪講堪誇. 比月裏嫦娥, 媚媚孜孜, 那更撑達.

<七弟兄> 我這裏覓他, 喚他, 哎, 女孩兒, 果然道色膽天來大. 懷兒裏摟抱着俏冤家, 搵香腮悄語低低話.

<梅花酒> 兩情濃, 興轉佳. 地權爲牀榻, 月高燒銀蠟. 夜深沉, 人靜悄, 低低的問如花. 終是箇女兒家.

<收江南> 好風吹綻牡丹花, 半合兒揉損絳裙紗. 冷丁丁舌尖上送香茶, 都不到半霎, 森森一向遍身麻.

<尾> 整烏雲欲把金蓮躧, 紐回身再說些兒話, 你明夜箇早些兒來, 我專聽着紗窗外芭蕉葉兒上打.

* 초대(楚臺): 초나라 회왕이 꿈에 신녀를 만났다는 양대(陽臺)로 후세에 남녀 간의 밀회의 장소로 비유되었다.
* 운우(雲雨): 송옥의 「고당부서」에 나오는 초나라 회왕과 무산 신녀 사이에 나누었던 운우(雲雨)의 정에 관한 고사에서 나왔다.

* 침지(針指): 바느질과 자수 등의 수예(手藝)를 말한다.
* 남교(藍橋): 원곡에서 상용되는 남교 관련 고사는 두 가지가 있다. 첫째는 배항과 여영의 이야기이고, 두 번째는 미생의 믿음에 관한 이야기이다. 전자는 앞의 설명을 참고하도록 하고 후자는 『장자』「도척」편에 보인다. 미생은 여자와 다리 아래에서 만나기로 하였는데 물이 이르러도 믿음을 가지고 떠나지 않다가 익사하였다. 원대 사람들은 이 다리를 남교라고 해석하였는데, 여기서는 이 고사를 가리킨다. 원대의 잡극 중에 이직부(李直夫)의 「미생기녀엄남교(尾生期女淹藍橋)」라는 잡극이 있다.
* 각대(却待): 바로 … 하려 하다.
* 수흉(酥胸): 살결이 흰 가슴.
* 요나(裊娜): 몸매가 날씬하고 아름다운 모양. 간드러진 모양.
* 미미자자(媚媚孜孜): 여자의 부드럽고 아름다운 모양. 아름다운 용모. 요염한 자태.
* 색담(色膽): 미색 추구에 대한 담량.
* 초어(悄語): 낮은 소리로 하는 말.
* 반합아(半合兒): 일회아(一會兒)와 같다. 잠깐. 잠시.
* 냉정정(冷丁丁): 얼음처럼 아주 차가움을 형용한 말.
* 반삽(半霎): 매우 짧은 시간
* 금련섭(金蓮屧): 전족한 발에 신는 조그만 신발이다. 금련(金蓮)은 전족한 발을 가리킨다.

　　이 투수는 남녀가 밀회하는 정경을 묘사한 것으로 묘사가 생동감 있고 활발하다. 먼저 첫 곡 <신수령>은 운우(雲雨)의 고사로서 착수하여 이 곡의 주제를 암시한 후 밤에 만나기로 약속한 여인이 애인을 생각하며 화장을 하고 기다리는 모습이다.

　　그 다음 <교패아>에서는 역으로 남자가 여인의 집으로 찾아 갔으나, 고요한 밤에 혹 남이 알까봐서 불안해하며 창 밖에서 초조하게 기다리는 모습을 묘사하였다.

　　<안아락>은 앞의 곡을 계속 이어 남이 볼까 두려워 조심스레 꽃 속에 숨어서 기다리는 남자의 모습이고, <괘탑구>는 남자가 한참을 기다려도 여인이 나타나지 않자 못 만날까 걱정하지만 그래도 꾸준히 신념을 갖고 기다리는데 마침 삐거덕 문이 열리고 여인이 나타나는 것을 묘사하였다. 특히 여기에서 작자는 미생(尾生)이 여자와 다리 아래에서 만나기로 하였는데 물이 불어와도 믿음을 가지고 끝까지 기다리다가 결국 익사하였다는 고사를 차용하였다.

　　<두엽황>에서는 대문을 열고 나타난 여인의 아름다운 자태를 묘사하고, <칠제형>에서는 두 남녀가 서로 만나 끌어안고 사랑하는 모습을 묘사하였는데 표현이 대담하다. 마지막으로 <매화주>와 <수강남>은 두 남녀가 뜨거운 정을 나눈 후의 정경이고, <미>는 정을 나눈 두 남녀가 헤어지면서 다시 내일을 기약하는 모습이다.

　　이 투수는 표현상에서 매우 통속적인 구어를 사용하여 자연스럽고 조화롭다. 특히 백묘의 수법으로 매우 생동감 있고 세밀하게 묘사하여 곡 중의 남녀가 밀회할 때의 초조·불안·긴장·즐거움·대담성 등의 여러 가지 모습에 대하여 매우 다채롭게 묘사하였다. 전체적으로 보아 내용은 단순하지만 내용형

성에 있어서는 시간의 경과에 따른 인간의 행동을 공간적으로 묘사하는 서사적인 기법을 사용하였다. 유대걸(劉大杰)은 『중국문학발전사』에서 이 투수를 평하여, "백묘의 사실적인 수법을 사용하고, 대담하고도 심각한 필력을 사용하여 밀회하는 한 쌍의 남녀의 심리 동작과 각종 모습을 가장 활발하고 가장 성공적인 모습을 얻게 하였으니, 묘사가 생동감 있고 표현수법이 매우 풍부하다고 할 수 있다."라고 하였는데, 이러한 종류의 제재에 대하여 관한경이 얼마나 뛰어났는지를 알 수 있다.

(이십환두) 쌍조 신수령

(제목 없음)

\<신수령\>
명주재갈과 금빛안장의 흰 준마,
깊숙한 작은 정원의 수양버들에 매어두고,
아름다운 경치,
화창한 봄날.
경쾌한 음악소리에,
동루(東樓)에서 연회를 마음껏 즐기네.

\<경동원\>
때로는 그윽한 창문 아래로 가다가,
때로는 굽은 난간 앞으로 가더니,
가냘픈 손가락으로 비단 부채를 부치네.
옥 같은 어깨를 한적히 기대어,
채련가(採蓮歌)를 쌍쌍이 노래하고,
비파를 다투어 연주하네.
마침내 소년의 마음을 물리치고,
좋은 금슬의 소망을 말하네.

\<조향사\>
가을 하늘,

세 갈래 오솔길 옆에,
노란 국화꽃 피어 금전처럼 퍼져있네.
어여쁜 손가락으로 꽃을 잡고 아름답게 웃으며,
금술잔을 들고 술을 누차 권하니.
참으로 풍류스러워 오류장(五柳莊) 앞에 있는 듯하구나.

<괘타고>
역사(驛使)가 보내준 조그만 매화송이,
어지럽게 날리는 거위털 같은 흰 눈송이.
당장에 등자나무를 잘라 성대한 연회에 진열하고,
좋은 술을 금술병에 데운다.
취기가 돌아 발그레해져,
얼굴 화장 새로 했네.
사람들은 엄동을 말하는데,
나는 헛소리만 늘어놓네.

<석죽자>
밤마다 대보름날 흥겹게 노닐고,
아침마다 한식일에 즐겁게 놀았는데.
밀애의 즐거움만 좋아할 수 없어,
어쩔 수 없이 명리에 구속되었네.

<산석류>
난새와 봉황 같은 사이 떨어지고,
꾀꼬리와 제비 같은 사람 헤어졌네.
말머리는 지척에서 천리 먼 곳에 있으니,

이별은 쉬워도 만나기는 어렵겠지.

<요>
마음속의 근심은 만천가지이나,
말을 할 수 없네.
당시 달밤의 노랫소리 울려 퍼져,
지금까지 양관(陽關)의 원망을 되풀이하네.

<취야마사>
정말로 가야지,
정말로 가야지.
다시 서로 만나려면,
오랜 세월 지날 거라.
나를 매우 그리워하겠지.

<상공애>
저녁에 외딴마을에 묵으니 번민에 어찌 잠이 오리오.
이별의 근심을 짝한 듯 달은 처마에 걸려있네.
달은 둥근데,
사람은 언제 달처럼 원만해질까?
남루(南樓)에서 아름다움을 다투는 것보다 못하리.

<호십팔>
하늘이 좋은 인연을 맺어주었으나,
병두련(並頭蓮) 같은 부부를 갈라놓았네.
연석에서나 술잔 앞에서나 그리워하오,

천성적으로 자연스러운,
당신의 얼굴을.
내 마음엔 그대 모습 남아있어,
항상 꿈속에서도 본다오.

<일정은>
친구들이 초대하여 풍악을 준비하지만,
단지 쓸쓸함을 즐겁게 풀기를 바랄 뿐,
술을 너무 많이 마셔 매우 슬퍼져,
언제 어떻게 시간을 보낼지 모르겠네.

<아나홀>
앞에서 술을 권해도,
차린 것을 다음으로 미루었네.
복숭아꽃 그대론데 그 사람은 안 보이니,
어떻게 올해를 쓸쓸히 보낼까.

<불배문>
수심에 차 술 마시며 번민을 어떻게 말할까,
성긴 대나무 소슬히 부는 가을바람에 흔들리네.
예년 같이,
예년 같이 밤이 긴 듯한 날,
바로 황혼의 정원이었다네.

<금잔자>
나에겐 인연이 없네,

풍류 있고 완전한 낭군,
오직 가련하여라,
부용(芙蓉) 같은 예쁜 얼굴.
팔목엔 팔찌 느슨해지고,
머리엔 비취 비녀 꽂았네,
얼굴엔 가을 연꽃 드리우고서.
눈짓을 보내며 서로 사랑하게 되어,
눈썹을 움직여,
추파를 보내네.

<대배문>
패찰(牌札)을 요대에 차고,
조서(詔書)를 가슴에 품고서,
대장부의 깊은 소망이라 말하네.
채찍을 바삐 가하고,
준마를 급히 재촉하지만,
즉시 가인(佳人)의 집 앞에 이르지 못함을 한스러워 하노라.

<야불라>
음악소리 떠들썩하게 들리는데,
성대한 잔치를 열어,
여러 친족들이 다 모였네.
먼저 난문주(攔門酒)를 한 잔 권하지만,
말을 달려 몸이 피로하네.

〈희인심〉
사람들 무리 속에 멀리 보이네,
반쯤 가린 비단 부채에,
아름답고 풍류스런 원수 같은 당신.
두 가닥 눈썹은 펴지 않았네.
백방으로 간청하고,
무턱대고 화해를 구하지만,
줄곧 고난에 시달리네.
그녀가 얼굴을 바꿀수록,
나는 백방으로 어렵게 변명하네.

〈풍류체〉
어찌 나를 의심하오?
어찌 나를 의심하오 내가 도성에 있을 때,
다른 사람과,
다른 사람과 사랑을 나누었다고.
하늘이 정해놓았는데,
하늘이 정해놓았는데 선한 자에게 복을 주는 날을,
당신은 모르오?
당신은 모르오 천지신명이 보고 있다는 것을.

〈홀도백〉
나는 반년 동안 외로운 밤을 보냈는데,
입에서 나오는 대로 말을 하여,
억울하게 나에게 누명을 씌우다니.
사실을 알아보고,

본 사람이 있으면,

어머니 앞에서,

이렇게 원하노니,

평생을 벌을 받아도.

죽어도 원망하지 않겠소.

<당올알>

방금 간청을 한 수놓은 휘장 속에 눈동자,

애석하고 가련하여라.

눈 깜짝할 새 창밖의 밝은 달은 또 벌써 사라지니,

그야말로 날이 빨리 새는 구료!

<미>

허리는 피로하여 흔들리는 수양버들 같이 부드럽고,

혀끝은 웃으며 피어난 정향(丁香)의 숨결 같네.

수놓은 휘장 안에 사람이 없는 듯,

베개를 함께 베고 나직이 속삭이니,

그야말로 아름다움 충만한 인연이고,

깊은 사랑에 떨어지지 않으려네.

하늘이 만약 사람을 만들려면,

사람을 만든 것이 이 세상이길 원하리라.

늙을 때까지 함께 바라보는 것이,

멀리 기러기 아래 관하(關河)를 가는 것보다 낫다오.

<新水令> 玉驄絲鞚金鞍韂, 繫垂楊小庭深院. 明媚景, 豔陽天.

急管繁絃, 東樓上恣歡宴.

〈慶東原〉 或向幽窗下, 或向曲檻前, 春纖相對搖紈扇. 閑憑着玉肩, 雙歌採蓮, 鬪撫冰絃. 逐却少年心, 稱了于飛願.

〈早鄉詞〉 九秋天, 三徑邊, 綻黃花遍撒金錢. 露春纖把花笑撚, 捧金盃酒頻勸, 暢好是風流如五柳莊前.

〈掛打沽〉 淺淺江梅驛使傳, 亂剪碎鵝毛片. 旋剖溫橙列着玳筵, 玉液着金瓶旋. 酒暈紅, 新粧面. 人道是窮冬, 我道是虛言.

〈石竹子〉 夜夜嬉游賽上元, 朝朝宴樂賞禁煙. 密愛幽歡不能戀, 無奈被名韁利鎖牽.

〈山石榴〉 阻鸞凰, 分鶯燕, 馬頭咫尺天涯遠, 易去難相見.

〈幺〉 心間愁萬千, 不能言. 當時月枕歌聲轉, 到如今翻作陽關怨.

〈醉也摩挲〉 眞箇索去也麼天, 眞箇索去也麼天. 再要團圓, 動是經年, 思量殺俺也麼天.

〈相公愛〉 晚宿在孤村悶怎生眠, 伴人離愁月當軒. 月圓, 人幾時圓. 不似他南樓上鬪嬋娟.

〈胡十八〉 天配合俏姻眷, 分拆開並頭蓮. 思量席上與樽前, 天生的自然, 那些兒體面. 也是俺心上有, 常常的夢中見.

〈一錠銀〉 心友每相邀列着管絃, 却子待歡解動凄然. 十分酒十分悲怨, 却不道怎生般消遣.

〈阿那忽〉 酒勸到根前, 祇辦的推延. 桃花去年人面, 偏怎生冷落了今年.

〈不拜門〉 酒入愁腸悶怎生言, 疎竹蕭蕭西風戰. 如年, 如年似長夜天, 正是恰黃昏庭院.

〈金盞子〉 咱無緣, 風流十全. 儘可憐, 芙蓉面. 腕鬆着金釧, 鬢貼着翠鈿, 臉朵着秋蓮. 眼去眉來相思戀, 春山搖, 秋波轉.

〈大拜門〉 玉兔鶻牌懸, 懷揣着帝宣, 稱了俺男兒深願. 忙加玉

鞭, 急催駿騠, 恨不聖到俺那佳人家門前.

〈也不羅〉 衹聽得樂聲喧, 列着華筵, 聚集諸親眷. 首先一盞攔門勸, 走馬身勞倦.

〈喜人心〉 人叢裏遙見, 半遮着羅扇, 可喜的風流業寃, 兩葉眉兒未展. 百般的陪告, 一瓶的求和, 衹管裏熬煎. 他越將箇龐兒變, 咱百般的難分辯.

〈風流體〉 胡猜咱, 胡猜咱居帝輦, 和別人, 和別人相留戀. 上放着, 上放着賜福天, 你不知, 你不知神明見.

〈忽都白〉 我半載來孤眠, 信口胡言, 枉了把我寃也麼寃. 打聽的眞實, 有人曾見, 母親根前, 憑兒情願, 一任當刑憲, 死而心無怨.

〈唐兀歹〉 不付能告求的繡幃裏頭眠, 痛惜輕憐. 斬眼不覺得綠窗兒外月明却又早轉, 暢好是疾明也麼天.

〈尾〉 腰肢困擺垂楊軟, 舌尖笑吐丁香喘. 繡帳裏無人, 並枕低言, 暢道美滿姻緣, 風流繾綣. 天若肯爲人, 爲人是今生願. 盡老同眠也者, 也强如雁底關河路兒遠.

* 옥총(玉驄): 흰색의 준마.
* 사공(絲鞚): 명주실로 짠 말재갈.
* 안첩(鞍韂): 말안장과 말다래(말의 배 양쪽에 달아서 튀는 땅의 흙을 막아내는 제구)
* 염양천(豔陽天): 만춘의 계절. 화창한 봄날. 맑게 갠 하늘.
* 번현(繁絃): 급한 장단으로 타는 비파 소리.
* 동루(東樓): 동각(東閣)이라고도 한다. 옛날에 주로 손님을 접대하던 장소이다.
* 춘섬(春纖): 아름다운 여자의 손가락을 형용한다.

* 환선(紈扇): 흰 깁으로 만든 부채.
* 채련(採蓮): 악부의 곡명인 채련곡(採蓮曲)으로, 양나라 무제가 만들었다.
* 빙현(氷絃): 빙잠(氷蠶)의 고치를 켠 실로 만든 비파의 줄이다. 빙잠은 누에의 한 종류로 그 고치에서 켠 실은 불에도 타지 않는다고 한다.
* 우비(于飛): 부부의 금슬이 좋음을 비유한다.
* 구추(九秋): 구십일 간의 가을이란 뜻으로 가을을 말한다.
* 삼경(三徑): 은자의 정원. 한나라 때의 은자 장후(蔣詡)의 정원에 좁은 길이 셋 있었던 고사에서 온 말이다.
* 오류장(五柳莊): 동진시대 도연명은 집 가에 다섯 그루의 버드나무를 심어두고 「오류선생전」을 지었다. 후세 사람들은 오류장을 은거하는 장소의 대명사로 사용했다.
* 역사(驛使): 옛날의 우편배달부.(파발, 파발꾼) 매화의 별칭으로 사용되기도 한다.
* 대연(玳筵): 대모(玳瑁)로 장식한 자리라는 뜻으로 화려한 연회를 가리킨다.
* 옥액(玉液): 원래는 옥으로 짠 즙이라는 뜻으로 맛있는 술을 비유한다.
* 주훈(酒暈): 술에 취해 얼굴에 취기가 돌다.
* 궁동(窮冬): 몹시 추운 겨울. 엄동설한.
* 상원(上元): 정월대보름. 음력 1월 15일을 상원절이라 하고, 그날 밤을 상원야(上元夜) 또는 원소(元宵)라 한다.
* 금연(禁煙): 불을 금지한다는 뜻으로 한식의 별칭이다.
* 명강이쇄(名韁利鎖): 명리는 인생을 구속하는 도구가 되기 때문에 명리를 명강이쇄라 한다.

* 난봉(鸞鳳): 난새와 봉황이란 뜻으로 부부의 인연을 비유한 다.
* 야마천(也麽天): 츤자로 아무런 뜻이 없다.
* 경년(經年): 오랜 세월, 여러 해를 지냄.
* 선연(嬋娟): 아름다운 모양.
* 남루(南樓): 남루의 모임(南樓之會)이란 뜻으로, 동진시대 유량(庾亮)이 무창의 남루에 올라가 여러 사람과 가을밤에 담론하며 시를 읊은 고사를 가리킨다. 흔히 가을밤 달맞이 연회를 비유한다.
* 병두련(並頭蓮): 하나의 줄기에 가지런히 핀 한 쌍의 연꽃 이란 뜻으로 화목한 부부를 비유한다.
* 도화거년인면(桃花去年人面): 복숭아꽃은 그대로인데 작년 에 보았던 그 여인의 얼굴은 보이지 않는다는 뜻으로 당나 라 때 최호(崔護)의 인면도화(人面桃花) 고사이다. 관한경의 〈대덕가〉 제4수 주해 참고.
* 부용면(芙蓉面): 원래는 탁문군의 아름다운 얼굴을 형용하 는 말인데 후세에는 미인을 뜻하는 말로 사용되었다.
* 안거미래(眼去眉來): 눈짓이 오가다. 눈짓으로 서로 뜻이 통 하다. 추파를 보내다.
* 춘산(春山): 미인의 눈썹.
* 옥토골패(玉兎鶻牌): 옥토골은 금원시대 옥으로 장식한 요 대의 일종이고, 옥토골패는 그 요대에 차는 신분 확인용(출 입용) 패찰이다.
* 제선(帝宣): 황제의 선고. 조서(詔書).
* 난문(攔門): 난문주(攔門酒)로 잔칫날 새색시 집 문 밖에서 새서방에게 먹이는 술을 말한다.

* 업원(業寃): 원가(寃家). 원수. 사랑하는 사람에 대한 애칭.
* 지관(只管): 얼마든지, 마음대로.
* 제련(帝輦): 제왕이 타는 수레라는 뜻으로 도성의 대명사로 사용된다.
* 사복천(賜福天): 옛날에 하늘의 성관(星官)이 사람의 선악을 기록하여 선한 자에게 복을 내려주었기 때문에 이르는 말이다.
* 신구호언(信口胡言): 입에서 나오는 대로 지껄이다. 되는대로 뇌까리다. 신구호설(信口胡說)과 같은 말이다.
* 야마(也麼): 츤자로 별다른 뜻이 없다.
* 통석경린(痛惜輕憐): 사랑하는 여인에 대한 사랑이 지극하다는 뜻이다.
* 정향(丁香): 목서과에 속하는 낙엽 간목으로 열대지방에서 생산된다. 열매는 향료와 약재로 상용된다.
* 견권(繾綣): 서로 정이 깊이 들어서 떨어지지 않는 모양. 마음속에 맹세하여 배반하지 않는 모양. 간곡하게 정성을 다 들이는 모양.
* 강여(强如): … 보다 낫다.

이 투수는 이별의 정서를 노래한 곡이다. 중국 고전문학 작품 중에 이를 제재로 한 것은 아주 흔한데, 여기에서 묘사한 것은 결혼한 지 얼마 되지 않은 신혼부부의 이별로서 그 정취가 더욱 새롭다.

먼저 첫 곡 <신수령>에서는 아름답고 화창한 봄날에 선남선녀들이 동루(東樓)에 모여 함께 연회를 즐기는 장면을 노래하였다. 그 다음 두 번째 곡 <경동원>에서는 아름다운 여인의 자태를 묘사한 다음 그녀가 먼저 남자에게 사랑을 고백한다.

세 번째 곡 <조향사>에서는 시간이 봄에서 가을로 훌쩍 넘어간다. 노란 국화 핀 가을에 도연명의 오류장 같은 정원에서 두 사람은 함께 달콤한 사랑을 속삭인다. 그 사이에 여름에 대한 이야기는 없어도 이미 봄에 서로 사랑은 한 두 사람이 여름을 지나 가을까지 사랑을 계속 이어오고 있음을 알 수 있다.

네 번째 곡 <쾌타고>에서는 다시 시간이 가을에서 겨울로 넘어간다. 하얀 눈송이가 날리는 겨울에 주연을 베풀고 즐거운 나날들을 보낸다.

다섯 번째 곡 <석죽자>에서는 다시 해가 바뀌어 정월대보름날과 한식일에 함께 계속 즐겁게 지낸 것을 묘사하였다. 이미 두 사람이 만난 지가 일 년이 지났으며 두 사람은 그 일 년 동안 사랑의 빠져 행복한 나날을 보냈다. 그런데 갑자기 남자에게 일이 생겨 두 사람은 이별을 하게 된다. 여기에서 자세히 설명하지는 않았지만 "명리에 구속되어"라고 한 것으로 보아 남자가 관직에 변동이 생겨 먼 변방으로 떠나게 되었음을 알 수 있다.

그 다음 <산석류>에서는 지척에 있다가 천리 먼 길을 떠나게 된 남자를 그리워하는 이별의 시작을 노래하였다. 여기서부터 열네 번째 곡 <금잔자>까지는 이별의 근심과 재회에 대한 기대를 노래하고, 또 그리움을 잊기 위해 술을 마시거나, 근심을 풀기 위해 심지어 다른 남자를 만날 생각도 해보는 장면들을 묘사하였다.

열다섯 번째 곡 <대배문>부터는 노래의 주인공이 여자에서 남자로 바뀐다. 이제 멀리 변방에 가 있던 남자가 임무를 마치고 집으로 돌아오는데 조금이라도 **빨리** 그녀를 만나기 위해 말에 채찍을 급하게 가한다.

그 다음 <야불라>에서는 남자가 집에 도착하여 연회가 열리고 일가친척이 모두 모여 그의 귀향을 축하하지만, 그는 먼 길을 달려오느라 피로한데다 정작 만나야 할 아내 생각에 술잔도 반갑지 않다.

그리고 <희인심>에서는 그렇게 보고 싶어 하던 아내를 보고 반가움에 달려가지만 기쁨도 잠시일 뿐 원망에 가득 찬 아내는 그를 쉽게 허락하지 않는다. 아내에게 용서를 구하기 위해 백방으로 노력하는 남자의 심리가 섬세하게 잘 묘사되어 있다.

열여덟 번째 곡 <풍류체>와 그 다음 곡 <홀도백>은 아내의 의심에 대한 남자의 해명이 구구절절 이어진다. 그동안 연락이 없었던데 대해 아내는 남자의 외도를 의심하고 그러한 아내를 이해시키기 위해 남자는 최선을 다해 해명한다.

마지막으로 <당올알>과 <미>에서는 남자가 오해를 풀고 아내와 다시 운우의 정을 나누지만 밤이 너무 짧을 뿐이다. 그리고 다시는 서로 헤어지는 일이 없기를 기원한다.

이 곡은 무려 21개의 곡패를 연결하여 만든 긴 투수인데 여기서는 반년 간 헤어져 있던 낭군이 다시 아내와 만날 때까지의 전 과정을 상세히 묘사하여 사랑과 그리움, 만남과 이별, 행복과 고통의 정을 형상화된 언어로 나타내었다. 그리고 사랑의 기쁨과 행복, 이별의 슬픔과 고통, 근심과 원망을 직접적으로 묘사하면서 말할 수 없는 아녀자의 깊은 정을 노래하였다. 이러한 경향은 작자의 잡극 「배월정(拜月亭)」이나 「망강정(望江亭)」・「조풍월(調風月)」 등에 표현된 정서와 일치한다.

쌍조 교패아

(제목 없음)

<교패아>
세상의 일로써 사물의 이치를 유추하면,
인생은 뜻에 맞는 것이 좋다네.
인간세상의 운수는 흥망이 반복하니,
길함 속에 흉함이 있고,
흉함 속에 길함이 있다네.

<야행선>
부귀는 어찌 영원할 수 있으랴,
해는 찼다가 기울고 달은 둥글었다가 줄어든다네.
땅은 동남으로 기울고,
하늘은 서북으로 기울었으니,
천지에는 언제나 완전한 물체가 없다네.

<경선화>
날이 밝자마자 어둠으로 치달으니,
어쩔 수 없이 입고 먹을 뿐,
짧은 오리 다리와 긴 학의 다리를 같게 할 수 없으니,
말을 꺼내지 말게나,
누가 옳고 틀린지를.

<금상화>
수심에 찬 눈썹을 펴고,
쓸데없는 일을 다투지 마라.
오늘의 용모,
항상 어제 같이 하게나.
예로부터 지금까지,
너희들은 모두 알지,
현명함과 어리석음,
가난함과 부유함을.

<요>
결국은 이 한 몸,
하루를 면하기 어렵네.
하루아침을 받아들이면,
하루아침이 편안하리라.
인생 백 년 동안에,
칠십을 산 자 드물다네.
빠르게 세월은 흐르고,
도도히 물은 흘러간다네.

<청강인>
낙화 뜰에 가득하여 봄이 다시 가 버렸는데,
저녁 풍경 무슨 소용 있으리오.
수레 먼지와 말발굽 속에서,
개미집과 벌집 안에서,

편안한 곳을 찾아 한적하게 쉬노라.

〈벽옥소〉

해와 달이 서로를 재촉하고,

해와 달이 동서로 달리네.

인생에는 이별 있기 마련,

백발에 옛 친구 드물다네.

쉬지 않고 세월은 빨리 흘러,

세월은 망아지가 벽의 틈을 지나가듯 빠르네.

그대 어리석게 살지 말고,

명리를 다투지 말게나.

다행히 술 몇 잔 있으니,

꽃 앞에서 취하는 것만 못하다오.

〈헐박살〉

고난 받지 말고 번뇌하지 말며 얽매이지 마라,

환락을 쫓지 말고 타락하지 말며 유희하지 마라.

금계(金鷄)는 재앙을 일으키는 계기가 되었다네.

시간을 얻었을 때 잘못 든 길 일찍 버리게나.

번화할 때 아름다운 음악 거듭 생각하고,

관직에서 용퇴하여 은거할 뜻 찾게나.

고사리와 고비 캐고,

시비를 씻어버렸다네,

백이와 숙제,

소부와 허유.

이들을 누가 따를까,

소나무와 국화에 은거한 도연명,

강호에 은거한 범려가 있다네.

<喬牌兒> 世情推物理, 人生貴適意. 想人間造物搬興廢, 吉藏凶, 凶暗吉.

<夜行船> 富貴那能長富貴, 日盈昃月滿虧蝕. 地下東南, 天高西北, 天地尚無完體.

<慶宣和> 算到天明走到黑, 赤緊的是衣食. 鳧短鶴長不能齊, 且休題, 誰是非.

<錦上花> 展放愁眉, 休爭閒氣. 今日容顔, 老如昨日. 古往今來, 恁須盡知, 賢的愚的, 貧的和富的.

<幺> 到頭這一身, 難逃那一日. 受用了一朝, 一朝便宜. 百歲光陰, 七十者稀. 急急流年, 滔滔逝水.

<清江引> 落花滿院春又歸, 晚景成何濟. 車塵馬足中, 蟻穴蜂衙內, 尋取箇穩便處閒坐地.

<碧玉簫> 烏兔相催, 日月走東西. 人生別離, 白髮故人稀. 不停閒歲月疾, 光陰似駒過隙. 君莫癡, 休爭名利. 幸有幾盃, 且不如花前醉.

<歇拍煞> 恁則待閒熬煎·閒煩惱·閒縈繫·閒追歡·閒落魄·閒游戲. 金鷄觸禍機, 得時間早棄途迷. 繁華重念簫韶歇, 急流勇退尋歸計. 採蕨薇, 洗是非, 夷齊等, 巢由輩. 這兩箇誰人似得. 松菊晋陶潛, 江湖越范蠡.

* 휴제(休題): 말을 꺼내지 마라.
* 부단학장(鳧短鶴長): 오리의 다리는 짧고 학의 다리는 길다는 뜻으로 태어날 때부터 있던 그대로 놔두어야 한다는 말이다. 『장자』「변무」편에 오리 다리는 비록 짧아도 그것을

길게 이어주면 근심이 되고, 학의 다리가 비록 길어도 그것을 짧게 하면 슬픔이 된다는 말이 있다.

* 지하동남, 천고서북(地下東南, 天高西北): 『회남자』「천문훈」편에 나오는 말이다. 옛날에 공공(共工)이 전욱과 제위를 다툴 때에 화가 나서 부주산(不周山)을 들이받아 하늘을 바치고 있던 기둥이 부러지고 땅을 유지시키고 있던 동아줄이 끊어졌다. 이에 하늘이 서북으로 기울어지게 되어 해 · 달 · 별들이 옮겨 다니게 되었고, 땅은 동남이 채워지지 않았기 때문에 물과 먼지가 돌아다니게 되었다고 한다.

* 쟁한기(爭閒氣): 다툴 가치도 없는 작은 문제를 무의미하게 다투다.

* 오토(烏兔): 해와 달의 별칭이다. 해 속에는 세 발 달린 까마귀가 살고, 달 속에는 토끼가 산다는 전설에서 나온 말이다.

* 낙백(落魄): 영락하다. 타락하다.

* 금계(金鷄): '錦鷄'라고도 쓴다. 금계는 털이 화려하여 재앙을 불러온다고 한다. 당 현종이 안녹산을 총애하여 금계장(金鷄帳) 앞에 특별 의자를 마련하여 은혜가 두터움을 보여주었으나 마침내는 반란을 일으키는 재앙의 싹을 잉태하게 되었다는 고사에서 나왔다. 그러나 이것은 이 곡에서 사용된 의미에 부합되지는 않는다.

* 급류용퇴(急流勇退): 급류에 휩쓸리지 않고 용감하게 물러난다는 뜻으로 다사다난한 벼슬길을 단호히 물러난다는 비유로 쓰인다.

* 궐미(蕨薇): 고사리와 고비.

* 이제(夷齊): 백이(伯夷)와 숙제(叔齊).

이 투수는 세상의 이치를 깨닫고 길흉과 화복은 순환하는 것이니 명리를 다투지 말고 은거하여 자족하는 삶을 살 것을 권유한 곡이다.

먼저 첫 곡 <교패아>에서는 일상의 평범한 일로써 철학적인 사물의 이치를 규명하고 있는데, 이는 이미 작자가 인생의 세파 속에 살아오면서 흥망성쇠와 길흉화복의 이치를 터득했다는 의미를 담고 있다.

두 번째 <야행선>에서는 이 세상에는 영원한 것도 없고 완전한 것도 없다는 이치를 해와 달의 차고 기욺으로 설명하고 있다. 그리고 <경선화>에서는 짧은 세월 속에 잘난 사람을 잘난 대로 못난 사람을 못난 대로 살면 될 뿐이지 억지로 서로 맞추어가며 살 필요 없고 시시비비도 가릴 필요도 없다는 것을 천명하였다.

네 번째 <금상화>에서는 그러니 쓸데없이 근심할 필요도 없고 사소한 일로 다툴 필요도 없으며 현명함과 어리석음, 가난함과 부유함도 따질 필요가 없다고 하였다.

그 다음 <요>와 <청강인>에서는 백년 인생 중에 칠십도 살기 힘든 세상이니 세상에서 허명을 구하려고 애쓰지 말고 편안한 곳 찾아 한가하게 지낼 것을 권하고 있다. 그리고 마지막 <벽옥소>와 <헐박살>에서는 세월은 한없이 빨리 지나가버리니 어리석게 명리를 다투지 말고 은거하여 즐거움을 누릴 것을 권하였다. 이 부분은 비록 세상 사람들에 대한 훈계성을 띠고는 있지만 기실은 자신의 의지를 표명한 것이다. 그가 다른 한 소령에서 "관직이 최고에 이르러도, 무슨 소용 있으랴! 돌아가서, 도연명의 은거생활을 배우리라.(官品極, 到底成何濟! 歸, 學取

他淵明醉)"라고 노래한데서 은거생활에 대한 그의 의지를 느낄 수 있기 때문이다.

결국 그 역시 백이와 숙제, 소부와 허유, 도연명과 범려 같은 고대의 은자들을 추모하게 되고 이것은 다시 그들의 은일생활에 대한 동경으로 이어지게 되었다. 이는 원대라는 특수한 시대가 빚어낸 문인들의 보편적인 관념의 하나이기도 하였다.

선려 계지향

(제목 없음)

<계지향>
그와 이별한 뒤로,
비실비실 야위었네.
빛이 바랜 비온 뒤의 복숭아꽃,
가지가 쳐진 바람 앞의 버들가지.
이 그리움을 어찌할까?
이 그리움을 어찌할까?
하늘과 땅처럼 영원한 내 사랑을 병들게 하여,
고통을 참을 수 없구나.
눈물방울 흘러내려,
연꽃처럼 예쁜 얼굴로 떨어지니,
실 끊어진 진주 같구나.

<불시로>
만 가지의 풍류,
오늘 한 가닥의 근심이 되었다네.
눈물이 눈동자에 가득하고,
구름 산이 눈에 가득하건만 아득하여 한스럽네.
잠시 좇아 구하니,
심정은 버들개지가 바람 앞에서 다투는 듯하고,

마음은 복숭아꽃이 물을 따라 흘러가는 듯하네.
오랫동안 깊이 생각해보니,
그 때문에 얼마나 남은 세월을 보냈던가!
이토록 번민하고,
이토록 번민하네.

<목아차>
안개가 기루에 자욱하여,
안개가 기루에 자욱하여,
구름은 초나라 산골에서 희미하게 피어나며,
궁궐 안 도랑에 단풍잎만 헛되이 흘러가네.
향기를 훔쳐 한수(韓壽)와 사랑을 나누었네.
비단 휘장 안에서 공연히 얽히고설켜.
두 눈썹을 찡그리네.
소만(小蠻)의 허리는 버들처럼 가늘고,
앵두같이 얇은 번소(樊素)의 입술,
쓸쓸히 떠나가는 배를 바라보노라.
또다시 풍류낭자를 알지 않으려네,
어디가 편안한 사랑의 보금자리일까.

<요편>
달 아래 다듬이 소리 그윽하여,
달 아래 다듬이 소리 그윽하여,
바람 앞에 울리는 피리소리 같네.
애끊는 소리가 사방에 울리니,
내 마음을 찢어 부수는 듯하네.

또 한 차례의 병을 더해주어,
갑자기 나를 근심에 잠 못 들게 하니,
양왕(襄王)의 꿈이 비구름처럼 사라지네.

<여문>
박정하게도 신 앞에서의 기도 잊어버렸나,
한 번 생각하면 한 번 근심이 되어,
지난날 은정을 물에 흘려보내네.

<桂枝香> 因他別後, 懨懨消瘦. 粉褪了雨後桃花, 帶寬了風前楊柳. 這相思怎休, 這相思怎休, 害得我天長地久, 難禁難受. 淚痕流, 滴破芙蓉面, 却似珍珠斷線頭.

<不是路> 萬種風流, 今日番成一段愁. 淚盈眸, 雲山滿目恨悠悠. 謾追求, 情如柳絮風前鬪, 性似桃花逐水流. 沉吟久, 因他數盡殘更漏, 恁般僝僽, 恁般僝僽.

<木丫叉> 霧鎖秦樓, 霧鎖秦樓. 雲迷楚岫, 御溝紅葉空流. 偸香韓壽, 錦帳中枉自綢繆, 蹙破兩眉頭. 小蠻腰瘦如楊柳, 淺淡櫻桃樊素口. 空敎人目斷去時舟, 又不知風流浪子, 何處温柔.

<幺篇> 月下砧聲幽, 月下砧聲幽, 風前笛奏. 斷腸聲無了無休, 搗碎我心頭. 又加上一場症候, 頓使我愁不寐, 襄王夢雨散雲收.

<餘文> 薄情忘却神前呪, 一度思量一度愁, 把往日恩情付水流.

* 소수(消瘦): 몸이 쇠약하여 수척해짐.
* 천장지구(天長地久): 하늘과 땅처럼 영원하다. 오랜 세월 영

원히 변치 않는 사랑을 비유한다.

* 침음(沈吟): 낮은 소리로 읊조리다.

* 잔추(孱僽): 수척해지다. 몹시 고민하다. 번민하다.

* 진루(秦樓): 원래는 진나라 목공이 그의 딸 농옥(弄玉)을 위해 만들어 준 누각인데 여기서는 기루를 가리킨다.

* 어구(御溝): 대궐 안에서 흘러나오는 개천이다. 어구홍엽(御溝紅葉)이란 고사가 있다. 당나라 희종 때 한 궁녀가 단풍잎에 "흐르는 물을 어찌도 저리 급할까, 깊은 궁궐은 종일토록 한가한데(流水何太急, 深宮盡日閑)"라는 시를 썼는데, 그것이 궁궐 배수로를 따라 궁궐 밖으로 흘러갔다. 어떤 서생이 그것을 주워 잘 간직하고 있다가 후에 두 사람이 만나 서로 인연을 이루었다고 한다.

* 투향한수(偸香韓壽): 향을 훔친 한수란 뜻으로 남녀 간의 비밀스런 사랑을 이르는 말이다. 앞의 절향한수(竊香韓壽) 주해 참조.

* 소만(小蠻): 당나라 시인 백거이의 애첩으로 허리가 버들처럼 가늘고 아름다웠다고 한다.

* 번소(樊素): 당나라 시인 백거이의 애첩으로 입술이 앵두처럼 작고 아름다웠다고 한다.

* 왕자(枉自): 공연히. 쓸데없이.

* 온유(溫柔): 온유향(溫柔鄉)을 말한다. 온유향은 사랑의 보금자리라는 뜻이다.

* 우산운수(雨散雲收): 비가 멎고 구름이 사라지다. 운우의 정이 사라지다는 뜻으로 남녀나 친구의 이별을 의미한다.

이 투수는 사랑하는 사람과의 이별을 노래한 곡이다. 먼저 첫 곡 <계지향>에서는 이별한 후에 그리움을 이기지 못하고 눈물을 하루하루를 보내는 여인의 애틋한 심정을 노래하였다. 그 다음 <불시로>에서는 계속하여 그를 잊지 못하고 따라가고 싶어도 갈 수 없는 아쉬움을 묘사하였다.

세 번째 곡 <목아차>에서는 이별의 주인공이 기녀임을 말하면서 사랑을 잊지 못해 다시는 새로운 남자를 알지 않겠다는 맹세와 함께 또 다른 사랑을 원하는 여인의 묘한 이중 심리가 내포되어 있다. 마지막 <요편>에서는 달밤에도 잠을 이루지 못하고 행여 바람소리에 귀 기울이면서 괴로워하는 마음을 노래하였다.

<索 引>

저자소개 ●━━━━━━━━━━━━━━━━━━━━━━━━━━━━

경상대학교와 성균관대학교 대학원에서 중국문학을 전공해 원대산곡 연구로 박사학위를 받았다. 중국산동대학교 문학원 연구위원을 거쳐 현재 동양대학교 교양학부와 대학원 한중문화학과 교수로 있다.

저역서로는 중국의 어제와 오늘(평민사), 중국 고대산곡 형식발전사(문영사), 백석사의 예술세계(문영사) 등이 있고

주요논문으로는 마치원산곡연구, 궁조의 개념에 관한 연구, 관한경 산곡연구, 원호문의 산곡연구, 산곡 본색론, 노지의 산곡연구, 백박의 산곡연구 등이 있다.

중국 제일의 난봉꾼
관한경의 산곡 세계

초판 인쇄 2018년 4월 20일
초판 발행 2018년 4월 28일

저　　자　김덕환
발 행 인　윤석산
발 행 처　지식과교양
등록번호　제2010-19호
주　　소　서울시 도봉구 쌍문1동 423-43 백상 102호
전　　화　(02) 900-4520 (대표) / 편집부 (02) 996-0041
팩　　스　(02) 996-0043
전자우편　kncbook@hanmail.net

ISBN 978-89-6764-118-4　　　93820　　　　　　정가 18,000원